슬프니까 멋지게, 애나 언니로부터

슬프니까멋지게,
애나 언니로부터

애나 아카나 지음 이민희 옮김

춘

한국어판 서문

이 책을 사 주셔서 정말 감사합니다. 어릴 때 가족과 함께 한국에 놀러 갔던 멋진 추억이 있어요. PC방에서 스타크래프트 게임을 하고 길거리 음식을 사 먹고 번잡한 시장을 돌아다니며 기념품으로 액세서리 같은 걸 사왔던 기억이 나요. 제 이야기가 바다 건너편, 제가 애정을 느끼는 곳에 전해지다니 정말 비현실적이에요. 부디 이 책이 우울증, 자살 충동, 외모 열등감, 상실의 슬픔에 시달리는 분들에게 조금이나마 도움이 되기를 바랍니다.

– 애나 아카나

추천의 글

"슬프니까 멋지게" 이 책의 제목처럼, 애나 아카나는 슬프니까 좌절할 필요도, 멋지기 위해 슬프다는 걸 부정할 필요도 없다고 말한다.

그렇다면 애나 아카나는 누구인가? 내겐 SF 미드의 조연 배우로 처음 얼굴을 익히고, 유튜브 오리지널 시리즈의 크리에이터이자 주인공 배우로 가슴에 담아 두게 된 만능 엔터테이너다. 그런 그를 식이장애 등 한국의 젊은 여자들이 쉽게 겪는 문제들을 함께 겪고 극복한 평범한 사람으로, "애나 언니"로 더 알아갈 수 있어 기쁘다.

연기뿐만 아니라 연출과 제작, 노래, 그림, 코미디 등 다방면에서 재주를 뽐내는 아카나답게 그의 책도 다양한 사람에게 다양한 조언을 건넨다. 기상천외한 방법으로 용돈을 벌던 맹랑한 꼬마 장사꾼의 경제 공부 조언부터, 우울증을 진지하게 취급하지 않는 아시아 가정에서 자라 자신의 병을 받아들이고 약물 치료를 시작한 이십 대의 고백, 결과물이 마음에 안 들더라도 무조건 일주일에 한 편씩 영상을 찍어 유튜브에 올리는 크리에이터의 충고까지. 무엇을 기대하고 책을 펼치더라도 위로와 투지를 얻게 될 것이다.

유명한 마블 영화에 잠깐 나왔다는 것으로만 알려지기엔 너무나 아까운 인재다. 이 책을 시작으로 국내에서도 애나 아카나의 이름이 감독으로, 크리에이터로, 조연이 아닌 주연 배우로 널리 불리길 바란다.

– 장채원(번역가)

'창작의 샘물이란 똑같이 미지의 원천에서 솟아나지만, 아주 다른 물길로 흐른다'는 마거릿 밀러가 쓴 《내 무덤에 묻힌 사람》의 서문이자, 내가 제일 좋아하는 서문이다.

고백하건대, 독서를 좋아하는 나이지만 서점이나 도서관에서 가장 먼저 에세이 코너로 향한 적은 없다. 타인의 개인사에 별 관심이 없는 탓이다. 그래서 2018년, 〈유스 앤 컨시퀀시스〉라는 드라마로 애나의 팬이 되었음에도 그의 삶에 대해선 아는 바가 없었다. 유튜버라는 정도? 이력에 대해서도, 문화적 배경에 대해서도 매우 피상적으로 인지하고 있었을 뿐. 그가 어떻게 동생을 잃었는지, 창작자로서 어떻게 실패하고 또 성공했는지에 대해선 알 리가 없었다.

다른 사람의 삶을 읽는다는 건 괴로운 일이다. 덫이 많은 곳에서 태어난 서로의 고통을 이해하게 되기 때문이다. 그렇게 힘겹게, 또 즐겁게 읽어나간 에세이 《슬프니까 멋지게, 애나 언니로부터》는 내게 덫으로부터 헤어나오는 법에 관해 알려준다. 나와 굉장히 다른 삶을 산 사람. 비슷한 곳에서조차 다른 선택을 한 사람. 생존자. 그래서 남들과는 다른 창작을 하는 크리에이터, 애나 아카나. 여기에 애나의 물길이 있다.

– 뽀삐

목차

한국어판 서문 **5**
추천의 글 **6**
옮긴이의 글 **11**
들어가는 글 **22**

제1장 창작에 관해 해주고 싶은 이야기 33

내면의 목소리를 찾아서·목소리를 찾았다면 키우자·스타가 되고 싶다면 무대를 만들자·시작하는 방법은 시작하는 것뿐·일은 일이라고 부르는 이유가 있다·아이디어는 쌔고 쌨다·구려도 괜찮다·실패는 몸에 좋다·내 창작물은 내가 아니다·뻔뻔해지자

제2장 멘탈과 정체성에 관해 해주고 싶은 이야기 71

자기 관리는 자기에게 맞는 방식으로·피부색 '탓'이 아니라 '덕분에' 성공한다·내 기준의 아름다움이라면, 얼마든지 추구해도 좋다·감정의 문제는 육체적으로 해결할 수 없다

제3장 먹고살기에 관해 해주고 싶은 이야기 **109**

독립심은 돈이 길러준다·인터넷 스타로 사는 삶·보스가 되는 법·나에게 관대하기·여자가 뭐 어때서·내 사람을 챙기자·숫자에 꼼꼼해지기·나를 챙길 사람은 나밖에 없다·읽지도 않고 사인하지 말라·할 수 있는 일은 다 해보자·열심히, 그리고 똑똑하게 일하자

제4장 사랑과 우정에 관해 해주고 싶은 이야기 **155**

내가 뭘 하는지는 알고 하자·방법을 모르겠다면 아는 사람을 찾자·잃기 전까진 친구의 소중함을 모른다·과감히 끊어낼 때도 필요하다·사랑의 본질·내 말에 귀 기울이지 않는 사람은 버려라 피임약을 챙겨 먹자·데이트폭력은 인정하기가 가장 어렵다 착한 남자가 오래간다·내 삶을 선택하기

책 출간 이후 애나 아카나의 발자취 **204**

일러두기

* 본문의 주는 옮긴이와 편집자가 붙였다.
* 원문에서 이탤릭체로 강조한 것은 돋움체로 표기했다.
* 영화, 단편 영화, 드라마, 유튜브 영상 제목은 모두 〈 〉로 표기하고,
  책 제목, 신문 이름, 웹사이트 이름은 《 》로 표기했다.
* 국내 번역물이 없는 경우 우리말로 번역하고 영문 병기하였다.
* 책 속에서 언급하는 애나 아카나의 영상은 국내 독자가 보기 편하도록
  웹페이지에 모아두었다. 하단의 QR 코드를 통해 접속할 수 있다.

옮긴이의 글

　태평양 저 너머에서 나보다 5개월가량 늦게 태어난 애나는 내게 천생 언니다.

　서른을 목전에 둔 2017년 겨울, 잘(못) 다니던 회사를 때려치우고 집에서 놀던 나는 큰 꿈 없는 청년 백수들이 대개 그러하듯 영어 공부라도 해야겠다 싶어서 유튜브 영상으로 영어를 배우는 흔한 앱을 하나 내려받았고 그 안에서 애나를 만났다. 지금도 또렷이 기억나는데, 내가 접한 애나의 첫 영상은 '항우울제 복용 경험담'이었다. 언니란 수식어가 딱 어울리는, 독특하면서도 친숙한 외모의 아시아계 미국인이 아주 똑 부러진 목소리로 자신의 '썰'을 풀었다. 그 3분짜리 영상에서 애나는 우울증약을 먹으면서 주변의 반응이 어땠고 심신에 어떤 변화가 있었는지를 아주 솔직하고 귀에 쏙 들어오게 설명했다. 변화를 선명히 체감한 것은 얼마 전 스탠드업 쇼에서 무례한 관객에게 모욕을 들었을 때였다고 했다. 자기도 모르게 반사적 반응(자괴감과 수치심에 빠져 울기)을 건너뛰고 객관적 판단(내가 왜 모르는 사람의 한마디에 울어야 해?)을 하게 된 것이다. 그는 약이 감정의 하한선을 높여줬으며 언제든 약을 끊을 수 있지만 요즘 자신이 느끼는 안정감이 아주 마음에 든다고 했다. 영상을 보고 나는 여러 가지로 감탄했는데, 우선은 내용이 주는 '명쾌함'때문이었다. 의도치 않게 백수 생활이 길어지면서 무기력이 점점 심해져 밤마다 인터넷에 심리상담과 약물치료 후기를 검색하곤 했는데 그때만 해도 지금처럼 간증이 흔치 않았다. 나조차 내 상태에 확신이 없는데 단순히 '좋아졌다' '효과를 봤다'라는 말은 모호하고 막연했다. 그런데 이 영상의 주인공은 아주 구체적이고 와닿는 언어로 자신의 경험을 이야기했고 나는 왠지 모를 후련함이 들어 더 이상 검색창에 '우울증'을 치지 않게 되었다. '힘들면 언제든 약을 처방 받으면 된다'는 정리된 마음이 이미 내 안에 플라세보 효과를 일으킨 듯했다. 두 번째로 감탄한 점은 '유튜브가 이런 무대도 될 수 있다니!'였다. 그 당시에도 유튜브는 먹방, 게임, 뷰티, ASMR, 일상 브이로그 등등 각양각색 콘텐츠로 누구나 창작자가 될 수 있는 공간이었다. 나는 주로 10분 내외로 영화 줄거리나 역사 지식을 떠먹여 주는 일명 '요약형' 콘텐츠로 정보의 허기를 손쉽게 채우곤 했다. 사실 그 영어 공부 앱의 큐레이션이 아니었다면 애나의 채널을 스스로 발견하지도, 유튜브 알고리즘이 이끌어주지도 않았으리라. 아무튼 그 영상에서 애나는 그저 썰만 풀지 않았다. 사실

일이십 대 젊은이에게 삶에서 우러나온 조언을 한다는 콘셉트 자체가 신선하지는 않았지만, 대본을 통째로 외운 듯 메시지를 막힘없이 전달하고 상황극을 곁들여 이해를 돕고 필터 기능이나 말풍선 등 통통 튀는 그래픽 효과를 입혀 제공하니 눈과 귀가 즐거운 양질의 콘텐츠를 접한 느낌이었다. 그렇게 영업 당한 나는 유튜브에서 애나의 채널을 찾아 끌리는 제목의 영상들을 하나씩 봤다. 한글 자막이 없어 백 프로 이해하기에는 한계가 있었지만 첫 영상에서 느꼈던 명쾌함과 해소감을 기대 이상으로 자주 만날 수 있었다. 엄청나게 새롭고 대단한 이야기는 아니었지만 3분 남짓한 짧은 영상마다 내 마음에 박히는 말이 한마디씩은 꼭 들어 있어서 그 한마디로 불안한 삶을 한동안 지탱할 수 있었고 버거웠던 감정들이 실제로 '괜찮아'졌다. 부정적인 생각이 들면 의식적으로 머릿속의 스위치를 끄라든지, 갈등을 해결할 때는 나를 배려하는 방식으로 하라든지, 타인의 감정은 조절할 수 없으니 오직 나 자신의 한계와 경계를 설정하는 데 집중하라든지 등등, 그때 그 메시지들은 권태와 도피의 나날 속에서 나를 미워하고 구박하던 내게 정말로 큰 도움이 되었다. 누군가는 냉소할 수 있겠지만 나를 우선순위에 놓으라는 단순한 조언이 그 당시 나에게는 폭풍우 속 나침반 같았다. 스스로 잘하고 있다고, 삶에 소홀하지 않았다고 다독일 수 있었다. (그 덕분에 정신 차리고 백수 생활을 청산했다고 말하면 너무 좋겠지만……)

불안정한 프리랜서의 삶을 선택하고 헤쳐나가는 동안 유튜버 애나는 내게 멘토이자 카운슬러였고, 'X언니'였다.

본의 아니게 팬레터가 너무 길어진 것 같으니 각설하고, 애나는 2011년부터 매주 꾸준히 유튜브에 원우먼쇼를 올렸다. 소소한 일화를 통해 얻은 마음, 꿈, 관계의 통찰을 담은 영상들은 대체로 코믹하고 유쾌하지만 그 안에는 "나의 가치는 오직 내가 결정한다."라는 한결같은 자기 주문이 있다. 애나의 진솔한 목소리는 젊은 여성들에게 공명했고 어느새 구독자가 이백오십만 명을 훌쩍 넘어섰다. 지금도 유튜브 채널이 애나에게 끼와 창작열을 발산하는 주 무대이긴 하지만 그는 스물한 살에 홀로 LA로 상경(?)할 때부터 할리우드 배우의 꿈이 있었다. 그러나 호기롭게 시작한 독립생활과 아시아계(일본+필리핀계) 여성이라는 유리 천장은 막상 겪어보니 훨씬 막막했다. 숱한 오디션 탈락의 고배 끝에 뻔하고 하찮은 배역을 맡게 되는 경우가 부지기수였다. (마블 영화 〈앤트맨^{Ant-man}〉 말미에 기자로 출연한 몇 분이 현재까지 유일한 메이저 영화 필모라고 할 수 있다.) 이 지점에서 애나는 꿈을 포기하는 대신 노선을 달리했다. "이럴 바에 그냥 내가 찍자!" 그렇게 유튜브 광고 수입으로 자본금을 확보해 단편 영화를 만들어내기 시작했고(각본 및 저작권을 OTT 서비스에 팔기도 했다), 유튜브 오리지널 드라마 시리즈 〈유스 앤 컨시퀀시스^{Youth & Consequences}〉의 연출과 주연을 맡아 배우뿐 아니라

프로듀서로서의 재능과 가능성을 증명했으며 2020년 봄에는 첫 단독 주연을 맡은 상업 영화 〈고 백 투 차이나^Go Back to China〉를 선보였다. 현재 애나는 유튜버, 코미디언, 배우, 영화 제작자, 패션 사업가로 활약 중이며 심지어 최근에는 가수로 변신해 비주얼 앨범(모든 수록곡에 뮤직비디오가 있는 앨범)을 내고 라이브 투어를 하는 등 다양한 커리어를 펼쳐나가고 있다. 만 31세에 이만한 자수성가형 만능 엔터테이너가 또 있을까? (내 나이 눈감아, 잘하면 다 언니야.)

사실 1인 크리에이터로 성장해 커리어를 개발해 나가는 내용이 이 책의 큰 부분을 차지하긴 하지만 이 책은 '유튜버로 성공하기'나 '1인 미디어 시대에 살아남는 법'과 같은 성공 매뉴얼이나 자기계발서가 아니다. 제목[1]에서 짐작하듯 너무 일찍 세상을 등진 동생 크리스티나에게 애나가 전하고 싶은 이야기의 집합이라고 할 수 있다. 그렇다. 애나는 2007년 여동생의 극단적인 선택으로 열여덟 살에 자살생존자가 되었다. 엄청난 부정적 경험을 딛고 그와 같은 성취를 이뤄냈다는 점이 얼핏 눈부신 신화처럼 느껴지지만, 근본적으로는 심장을 조각내서 눈물과 창작열로 녹이고 담금질하는 고통스러운 과정이었음을 책을 통해 알 수 있다. 자기 심장을 원료로 탄생시킨 2차 창작물들이

---

[1] 이 책의 원제는 So Much I Want To Tell You(네게 하고 싶은 말이 너무 많아)다.

단단한 완성도를 갖춘 것은 어찌 보면 당연하다. 하지만 "내 창작물은 내가 아니다"라는 책 속 메시지처럼 애나는 여전히 트라우마와 힘겹게 싸우고 있다. 2018년에는 꿈꿔왔던 성과를 여럿 이뤄냈음에도 심한 자살 충동을 느꼈다고 공개적으로 고백하기도 했다. 애나의 말대로 비극을 예술로 승화시킨다고 고통이 사라지지 않는다. 그저 크기를 줄여나가는 게 최선이며 일상에서 새로운 의미를 계속 발견해나가야 한다. 애도는 영원히 끝나지 않을 테고 앞으로도 애나가 하는 모든 활동의 밑거름이 될 것이다.

　　불안, 우울, 중독 등 끝이 보이지 않는 어두운 터널을 헤쳐나갈 때 필요한 것은 먼저 터널을 통과한 사람의 증언이다. 빛이 보이지 않더라도 돌아서거나 멈추지 말고 묵묵히 가라고, 느려도 좋으니 한 발짝씩 가보라는 말. 죽고 싶었다는 애나의 고백은 실제로 많은 이들을 살렸다. 고통의 경험을 공유하면 우울과 불안은 경감된다. 이 책에는 친언니가 여동생에게 들려주는 것처럼 자신의 몸과 마음을 거치지 않은 조언이 없다. 각종 약물 중독, 무대 공포증, 폭식증, 공황장애, 관계 중독, 낙태 경험 등등, '이런 얘기까지 해도 되나…?' 싶을 만큼 내밀하고 솔직하다. 자신이 통과한 터널이 얼마나 길고 어두컴컴했는지, 어떻게 빠져나올 수 있었는지 끊임없이 거론하고 공유하는 애나의 자세는 방황하는 젊은 여성들에게 미약하나마 의지할 수 있는 터널 속 한 줄기 빛이 될 것이다. 그리고 우리 모두에겐 이런 언니가 필요하다.

　요즘 한국에는 개그우먼들의 행보가 심상치 않다. 소위 '여성 개그'의 한계와 벽을 허물고 그냥 하고 싶은 개그와 언동을 한다. 더는 남자들 틈바구니에서 놀림과 비하의 대상, 양념이나 들러리가 되지 않으며 오히려 여자들끼리 모이면 더 빵빵 터진다. 이제 아무도 개그우먼들은 웃기지 않다고, 혹은 너무 세거나 과하다고 말하지 않는다. 누군가는 반란이라 부르기도 한다. 시대가 바뀐 게 아니라 그들이 시대를 바꿨다고. 누가 불러주지 않는다면 "그냥 우리끼리 하지 뭐!"라고 판을 바꿔버린 그들의 모습에서 나는 애나가 겹쳐 보였다. 원하는 배역을 못 맡는다면 "그냥 내가 찍지 뭐!"라고 마음먹고 실행에 옮긴 그가. 먼저 욕망을 구체화하고 언어화하고 실현한 여성 선배와 롤모델의 파급력은 엄청나다. 그들이 가까운 동생과 후배에게, 그리고 지망생들의 마음가짐에 얼마나 큰 영향을 미쳤을까?

　책 내용을 미리 조금 스포하자면 애나의 비결은 역시 그리 반짝이거나 대단하지 않다. 아무도 하지 않는 일을 해보는 것, 처음부터 대단한 목표를 세우기보단 당장 할 수 있는 일을 찾아 조금씩 해나가는 것, 어떤 멋진 아이디어도 꾸준함을 이길 수 없다는 것. 우선순위와 가치 설정, 균형과 통제감, 그리고 작은 성취. 사실 이런 것들은 이미 우리 안에 있거나 찾을 힘이 있다. 하지만 내 경험상 스스로 힘을 내는 것과 언니의 한마디로 추진력을 얻는 것은 꽤 다르다. 이 책을 읽는 분들도 각자 애나와의 개인적인 대화에서 영감을 받았으면 좋겠다.

　요즘(2020년 하반기) 애나는 집순이 출신 엔터테이너답게 코로나 시대에도 SNS로 활발히 활동하고 있다. 유튜브뿐 아니라 페이스북, 트위터, 인스타그램, 틱톡을 넘나들며 다양한 콘텐츠를 올리고 공유한다. 페이스북에는 주로 짧은 브이로그를 올리는데 최근에는 울면서 '겟 레디 위드 미'를 찍는다든지, 텔레마케터를 꼬드겨 한담을 나눈다든지, 집 안에 거미줄을 친 거미에게 손톱만 한 퇴거 명령서를 들이미는 등 재기발랄한 '집콕' 일상을 공개해 소소한 웃음을 선사했다. 한편 트위터와 인스타그램에서는 미국 내 불거진 사회 문제에도 꾸준히 참여하고 있다. 상급자의 성폭력을 폭로하려다 피살된 여군 '바네사 기옌'을 추모하며 진상 규명을 촉구하고, 경찰의 과잉 진압으로 사망한 '조지 플로이드' 사건이 촉발한 인종 차별 금지 운동에 강력한 지지를 보내고 있다. 이러한 애나의 목소리는 한국 사회의 이슈와도 깊이 맞닿아 있기에 여러모로 지치고 무기력한 일상을 살아가는 우리에게도 자극과 울림이 된다.

　어쩐지 책 얘기보다 더 장황한 얘기를 한 역자 후기를 마무리하며 덧붙이자면, 애정하는 코믹릴리프 시리즈의 다섯 번째 책을 번역하게 되어 무척 기뻤다. 사사로운 팬심에서

시작한 외서 출간 기획을 실현하여 뜻밖의 성덕으로 만들어
주신 책덕 김민희 대표님에게 감사를 전한다. 언젠가 써주신
말을 돌려드리자면, "민희는 잘될 거예요." 쉽지 않겠지만
우리 앞으로도 쭉 덕업일치의 삶을 걸어요.

우리의 인생은 누군가의 죽음으로 만들어진다.
- 레오나르도 다 빈치

들어가는 글

동생이 죽고 많은 일이 있었다.

2007년, 내 동생 크리스티나는 겨우 열세 살이었다. 살아있었다면 한창 20대, 술도 마시고 운전도 하고 결혼해서 아이를 낳을 수도 있었을 것이다. 가끔은 동생이 죽었다는 사실이 믿기지 않는다. 그저 잘 알고 지내던 사람이 어디론가 떠난 느낌이다. 마치 헤어진 연인처럼, 오랜 시간 매일 함께하던 사람과 영영 못 보는 사이가 되어버린 느낌이랄까. 친구이자 룸메이트, 인생의 한 구간을 통째로 함께한 사람이 그렇게 떠나버렸다.

크리스티나가 왜 그토록 극단적인 선택을 했는지는 아직도 분명치 않다. 그저 사춘기의 충동이었을까? 혹시 그게 다가 아니었다면? 2007년은 미국에서 십 대 자살률이 막 들썩이기 시작하던 시기였다. 아직 사람들이 왕따 문제를 심각하게 다루기 전이었고, 심지어 크리스티나는 괴롭히는 애들로부터 자신을 방어하려다 꾸지람을 들었다. 남자애들

무리가 방과 후에 폭행을 가하겠다며 위협했고, 동생은 마땅히 선생님에게 도움을 요청했다. 선생님은 그 위협을 심각하게 여기지 않았는지, 그저 장난일 거라고 타일렀다. 하지만 크리스티나에게는 장난이 아니었다. 호신용으로 비비탄 총을 들고 갔다가 그 일로 학교에서 쫓겨났다. 집에서도 된통 깨졌음은 물론이다.

결국 크리스티나는 전학을 가게 됐지만 새 학교에 적응하느라 애를 먹었다. 친구를 금방금방 잘 사귀던 애가 새 학교 친구들과는 좀처럼 어울리지 못했고, 성적이 떨어지기 시작할 즈음 난독증 진단을 받았다. 우리 가족은 난독증을 치료 대상이 아닌 스스로 극복해야 할 문제로 치부했기에 별다른 도움을 주지 않았다.

돌이켜 볼수록 나는 크리스티나가 조울증 같은 기분 장애를 앓았던 것이 아닌가 싶다. 10년 전이면 정신 건강에 관한 인식이 턱없이 부족하던 시절이다. 물론 지금도 그리 충분하지는 않다고 생각하지만. 어쨌든 크리스티나가 실제로 기분 장애를 앓았는지는 영영 모를 일이다. 너무 속상하고 외롭고 두려운 나머지, 자신의 선택을 영원히 되돌릴 수 없다는 사실을 충분히 헤아리지 못했을지도 모른다. 그저 더는 친구들의 괴롭힘이나 가족들의 오해를 참기 힘들었을지도 모른다. 만약 동생이 어딘가에 존재한다면 자신의 선택을 후회하고 있을지도 모른다. 그냥 그게…… 다일지도 모른다.

크리스티나는 밸런타인데이에 죽었다. 나는 남자친구와 공원에서 피크닉을 즐기고 있었다. 별안간, 끔찍한 느낌이 파도처럼 밀려왔다. 나는 벌떡 일어나 돌아가자고 소리질렀다. 분명 뭔가 잘못되었다. 짐을 싸 들고 차로 뛰어갔다. 그때 남동생 윌의 전화가 왔다. 윌은 크리스티나가 자살 시도를 했다고 말했다. 윌은 그 시도가 성공했는지 모르는 상태였다. 나는 알았다. 그냥 느낌으로 알았다.

몇 주 후 엄마에게 당시에 뭔가 잘못됐음을 직감했었다고 말했다. 원래 육감이 발달한 쪽은 엄마였다. 엄마는 필리핀에 살던 어린 시절, 친척이 작별 인사를 하는 꿈을 꾸고 나면 어김없이 그가 간밤에 세상을 떠났다는 소식을 들었다. 때로는 흙길 위에서 정처 없이 떠도는 혼령들을 마주치곤 했다. 하지만 엄마는 크리스티나가 죽었을 때 아무것도 느끼지 못했다고 했다. "아래층에서 뜨개질이나 하고 있었어." 엄마는 울음을 터뜨렸다. 나중에 크리스티나는 엄마의 꿈에 찾아와 미안하다고 말했다.

동생은 내 꿈에도 찾아왔다. 하지만 내 경우에는 끔찍한 악몽이었다. 벌레로 가득 찬 방에 크리스티나와 단둘이 갇혀있는데, 아무리 동생을 보호하려고 감싸 안아도 벌레들은 기어코 동생의 눈 속으로 파고들었다. 어떨 때는 크리스티나가 가파른 절벽 위에 서서 온몸이 뒤틀린 채로 나를 바라보다가 그대로 절벽 밑으로 떨어졌다. 그 잔상이 나를 떠나지 않는다. 10년이 지난 지금까지도.

나는 크리스티나가 남긴 유서를 끝내 보지 못했다. 보여달라고 여러 번 아빠를 졸랐지만, 아빠는 번번이 이사하다가 잃어버렸다고 대답했다. 그게 사실인지, 날 보호하기 위한 거짓이었는지는 지금도 알 수 없다. 아빠 말에 의하면 유서는 별로 좋은 내용이 아니었다.

"모두를 비참하게 만들어서 죄송해요." 이게 동생이 남긴 마지막 문장이었다. 몇몇 친구와 사촌인 프랭크에게는 따로 작별 인사를 전했다고 한다. 하지만 우리 가족은 작별 인사를 받지 못했다. 크리스티나는 우리에게 화가 난 상태였다. 사소한 실랑이가 있었다. 친구네에서 하룻밤 외박 허락을 받는 일로 가족 모두와 다툰 것이다. 그날 크리스티나가 내 방에 찾아왔을 때 나는 동생을 쫓아내며 말했다. "난 네가 싫어." 이게 내가 동생에게 한 마지막 말이었다.

동생의 죽음은 꽤 오랫동안 실감이 나지 않았다. 혹시나 하는 기대를 품고 동생의 방문을 열면, 엄마 홀로 벽장에 기대앉아있었다. 우리는 함께 울었다. 울고 또 울다 보면 머리가 반으로 쪼개지는 느낌이 들었다. 속쓰림은 몇 시간 자고 나면 물러갔지만, 얼굴은 그대로 굳어버렸다. 표정에는 텅 빈 공허함이 맴돌았다. 툭하면 울어서 머리가 지끈지끈했다.

나는 크리스티나의 언니다. 언니로서 동생을 지켜줬어야

했다. 위로해 주었어야 했다. 동생의 방을 지나칠 때마다 한마디라도 건넸어야 했다. 이제 더는 자책하지 않지만 분명 내가 달리 할 수 있던 일이 있었고, 해 줄 수 있는 말이 있었다. 만약 그랬다면 현실은 달라졌을 수도 있다.

나는 동생에게 편지를 썼다. 미안하고 사랑한다고, 어디 있든지 평안하길 바란다고. 그리고 마지막으로 한 번만 제대로 보고 싶으니 부디 내 꿈에 찾아와 달라고. 나는 그 편지를 태웠다. 그래야만 사후세계에 전해질 수 있을 것 같아서. 그러고 나서 또 울었다.

크리스티나가 죽고 나는 무너져 내렸다. 가족 모두 마찬가지였다. 꽤 오랜 시간 함께 허물어져 있었던 것 같다. 아무리 다시 주워 맞추려 해도 파편들이 너무 들쭉날쭉해서 도저히 짜 맞출 수 없는 느낌이었다.

누군가 무심코 자살을 언급하면 흔히 말하듯 섬뜩한 기억이 되살아났다. 실제로 통증이 가슴을 덮쳤다. 곧바로 자리를 벗어나 가슴을 진정시켜야 했다.

상담사는 내가 크리스티나의 죽음에 자책을 느끼기 때문에 자기 파괴 행동에 빠지기 쉬울 거라고 말했다. 그도 그럴 것이 동생에게 마지막으로 내뱉은 말이 하필, "네가 싫어"였으니. 동생이 방문을 걸어 잠그고 음악 볼륨을 높이기 전에 마지막으로 대화한 사람이 바로 나였다.

상담사의 예상이 맞았다. 나는 각종 약물과 알코올에 의지했고, 친구나 연인과의 관계 중독에 빠져 나를 돌보지 않았다. 매일 밤 간절히 잠이 들기만 바랐다. 잠은 크리스티나가 죽었다는 현실에서 벗어날 수 있는 유일한 도피처였으니까.

그러나 나는 그 처절한 나날들을 거쳐 어떻게든 수면 위로 올라왔다.

그러자 엄청난 것이 찾아왔다. 코미디였다.

내 슬픔을 치환할 새로운 통로를 발견한 것이다.

그렇게 비로소 내 입으로 크리스티나에 관한 얘기를 꺼내기 시작했다.

그 후로도 죽 크리스티나 이야기를 하고 있다.

맙소사. 그러고 보니 내가 하는 모든 일에 동생의 이야기가 빠지지 않는다. 몇 년 전에 각본을 쓴 웹 시리즈 〈라일리 리와인드 Riley Rewind〉[2]는 시간을 돌릴 수 있는 초능력을 가진 소녀가 반 친구를 자살로부터 구하려고 고군분투하는 내용이다. 심지어 그때 나는 동생의 이야기를 쓰고 있다는 자각도 없었다! 진짜로.

따지고 보면 내가 쓴 단편 영화. 파일럿[3], 웹 시리즈, 시, 책 모든 게 다 동생과 관련이 있다. 지금껏 쓴 작품을 조금 멀리 떨어져 보면 어김없이 그 사이로 동생이 보인다. 웬걸,

---

2 애나가 각본을 쓰고 주인공 라일리를 연기했다. 약 10분짜리 5개 에피소드로 2013년에 감독인 레이 윌리엄 존슨의 유튜브 채널에 공개됐으며 같은 해 독립 영화로도 만들어졌다.

3 시리즈물의 방영을 최종 결정할 목적으로 만드는 견본 에피소드. 이를 지표로 방송 관계자 및 시청자의 반응과 여론을 수집한다.

유튜브 영상들도 죄다 동생에게 해주고 싶은 이야기들이다. 내가 체득한 인생의 교훈, 나누고 싶은 경험들…… 비록 크리스티나가 들을 수도 써먹을 수도 없지만 모두 동생을 향한 조언이다.

나는 유튜브와 팟캐스트, 그리고 다른 방송에서 동생의 자살을 언급하기 시작했고 친구와 가족, 심지어 낯선 사람과의 대화에도 동생 이야기를 꺼냈다. 무대 위에서도 허물없이 동생에 관해 농담하는 경지에 이르렀다. 나는 어느새 자살 방지 대변인이 되어 있었다. 직접 겪은 일을 털어놓는 건 기분 좋은 일이었다. 그때마다 동생의 죽음에서 조금씩 벗어나는 느낌이었다. 비로소 조금씩 치유되기 시작한 것이다.

인생에서 가장 고통스러웠던 기억이 어느새 영감의 원천이 되었다. 수없이 동생 이야기를 꺼내고 나누다 보니 날카로웠던 파편들이 어느새 닳고 닳아 더는 아프지 않았다.

관공서에서, 비드콘[4]에서, 혹은 마트에서 앳된 여자 친구들이 나를 알아보고 다가왔다. 우는 친구도 있고 울지 않는 친구도 있지만 모두 내게 속삭이듯 말을 걸었다. "고마워요"라는 짧은 인사부터, 가끔은 좀 드라마틱하지만 "언니가 나를 살렸어요"라고 말하는 친구도 있다. 나는 이 친구들에게서 크리스티나를 본다. 그들은 내게 다가와

---

4 비디오(video)와 콘퍼런스(conference)의 합성어로, 유명 유튜버, 영상 크리에이터, 마케터 등 동영상 관련 관계자 수만 명이 참여하는 대규모 행사다.

말한다. 한때 자해나 자살을 결심했다가 내 영상을 보고 마음을 돌렸다고. 그럴 때 어떤 느낌이냐고…? 음, 말로는 이루 다 표현할 수가 없다.

가끔은 사람들이 내 영향을 받는다는 사실이 떨떠름하다. '인플루언서'라느니, '롤모델'이라느니, '변화를 일으킨다'라느니 거창한 말을 들으면 뭔가 오그라든다. 그런 말들은 내게 별로 와닿지 않는다. 나는 그냥 나일 뿐이다. 그런 말들을 만끽하고 싶지도 않다. 그러다 콧대 높은 왕재수가 되면 어쩌려고? "맞아! 난 인터넷 인.플.루.언.서라고. 소녀들아, 나를 롤모델 삼으렴! 그럼 너에게도 변화를 일으켜주지!"

그런데 이런 순간도 있다. 나를 보자마자 눈물을 쏟아내며 순수한 애정과 고마움을 뿜어내는 사람, 나를 꼭 안아주며 울다 못해 바르르 떠는 사람, 사랑한다고, 내가 자기를 살렸다고, 자신을 변화시켰다고 말하는 사람을 만나는 순간들.

이런 때만큼은 내가 인플루언서라는 사실을 부정하기 어렵다. 이들이 내가 이 일을 하는 이유다.

크리스티나 이야기를 하고, 어린 친구들을 대상으로 영상을 만들어내면서 내 상처도 아물었다. 동생의 죽음은 이제 나를 따라다니지 않는다. 오히려 나를 앞으로 밀어준다.

이 책을 쓰기는 쉽지 않았다. 쓰면서 깨달았지만 내가

쌓아온 수많은 추억에는 이미 크리스티나가 없다. 정확하게 말하자면 2007년 2월 14일 이후로는 동생이 등장하지 않는다. 스물일곱 살을 기점으로 동생과 함께한 나날보다 함께하지 않은 날이 더 많아진 셈이다.

언제 어디선가 읽자마자 충격받은 문구가 있다. "한 사람의 죽음은 비극이지만, 백만 명의 죽음은 통계에 지나지 않는다." 나는 아직 크리스티나가 십 대 자살률 통계의 일부가 되길 원치 않는다. 추억이 되기는 더더욱 원치 않는다. 사람들이 크리스티나를 기억해주길 원한다. 내 동생이 얼마나 용감하고 어여쁜 사람이었는지 알아주길, 또 그런 어른으로 자라났을 모습을 상상해주길 바란다. 이 마음을 이해할 수 없는 사람에게는 억지로라도 들이밀고 싶다. 영상마다 일일이 동생의 얼굴을 띄우고, 모든 각본의 첫머리에 "내 동생 크리스티나에게"라고 박아넣고 싶은 마음이다.

그도 그럴 것이 크리스티나는 내가 하는 모든 일의 원동력이다. 이 책은 동생에게 영감을 받아 쓴 책이 아니라, 동생을 위해 쓴 책이다. 내가 동생에게 해주고 싶던 이야기의 모음이자, 지난 10년간 몸소 배운 것, 내가 저지른 모든 실수, 그 과정에서 치열하게 얻은 교훈이다. 또한 창작, 사랑, 야망, 돈, 일, 그밖에 종잡을 수 없던 모든 감정에 대한 깨달음이다. 이 책은 동생이 살아있었다면 해주고 싶었을 이야기, 그리고 방황하는 모든 친구들에게 닿길 바라는 조언을 모아 만든 결과물이다.

무엇보다 동생이 어디에 있든, 내가 했던 모든 일과 앞으로 해나갈 모든 일을 함께하는 주역이라는 점을 그 애가 알아준다면 좋겠다. 이 책을 내 동생, 크리스티나에게 바친다.

제1장

창작에 관해 해주고 싶은 이야기

나는 창작자 저마다의 작업 방식과 절차를 다룬 책을 읽느라 많은 시간을 보냈다. 나름 '사전 조사'라고 합리화하면서 최대한 뭉그적대는 방법인데, 이 책을 쓰기로 했을 때도 당장 구할 수 있는 인터넷 인플루언서들의 에세이를 모두 구했다. 나보다 먼저 책을 낸 분들에게 '목표한 결과를 거두는 팁'을 얻길 바라면서 내 글 쓰는' 시간으로 배정한 첫 달을 꼬박 남의 글 읽는 데 썼다.

비록 실컷 늘어지긴 했어도 나의 '조사' 기간은 다른 창작자들의 작업 루틴, 습관, 절차 그리고 무엇보다 각자가 얼마나 다른지를 살펴볼 수 있어서 유익한 시간이었다.

사람마다 원하는 분야가 다르고 내가 어떻게 하라고 알려줄 수는 없지만 어떤 방식이 내게 잘 맞았는지는 말해 줄 수 있다. 이 장에서는 창작 과정에 대해 내 식대로 조언해보고자 한다. 당신에게 와닿는 부분만 취하고 그렇지 않은 부분은 버리면 된다. 필요한 대로, 원하는 대로 입맛에 맞게 해석하길 바란다.

내면의 목소리를 찾아서

성공한 사람들은 대부분 꿈을 좇으라고 말한다. 나는 그대신 꿈에 **빠지라**고 말하고 싶다. 나 또한 나만의 꿈에 빠졌던 사람이다.

동생이 죽고 꼬박 2년을 약물과 알코올에 절어 지냈다.

극단적 감정 도피자의 전형이었다. LSD, MDMA 등 머리글자만 따 부르는 온갖 환각제를 달고 살았다. 그러던 어느 날, 약에 취해 몽롱한 상태로 텔레비전을 보는데 마침 〈코미디 센트럴Comedy Central〉 특집이 방영하고 있었다. 마거릿 조Margaret Cho[5]가 기발한 코미디 코너를 선보였다. 아주 오랜만에 처음으로 소리 내서 웃었다. 아니 그보다도, 잊을 수 있었다. 내 자신도, 내 안의 고통도, 크리스티나의 죽음도.

그 순간, 내 안의 뭔가가 꿈틀거렸다. 몇 년째 죽어 있던 내면에서 기쁨과 희망, 흥분이 샘솟았다. 무대 위에서 사람들을 웃기는 상상에 사로잡혔다. 나와 같은 아시아계 여성인 마거릿이 스탠드업 코미디를 하는 모습을 보니, 나도 할 수 있을 것 같았다. 그래서 노트를 꺼내 글을 쓰기 시작했다. 내가 겪은 재밌는 사건, 내가 했던 농담, 유년기와 십 대 시절 일화, 엉뚱한 발상과 일상 속의 깨알 같은 발견을 생각나는 대로 써내려갔다. 그리고 공연 목록을 정해서 오래된 DSLR 카메라 앞에서 달달 외울 만큼 연습했다. 당시 함께 일하던 동료에게 그 얘기를 했더니, 지인이 운영하는 바에서 스탠드업 공연을 진행한다며 나더러 무대에 서보지 않겠냐고 물었다.

헐, 당근이죠.

---

5 미국 캘리포니아 출신 한국계 코미디언. 1990년대부터 스탠드업 코미디로 알려졌는데 소수 인종 여성으로서 드물게 미국 코미디계에 크게 자리매김한 인물이다. 소수자성과 관련한 풍자 개그로 선풍적인 인기를 끌었고 이후 해당 장르가 코미디계의 주류가 되면서 다른 여성 코미디언들에게도 큰 영향을 끼쳤다.

생애 첫 스탠드업 무대에 배정받은 시간은 8분이었다. 돌아보면 그저 놀랍기만 하다. 누가 감히 경험도 없는 초짜에게 덜컥 8분을 맡긴단 말인가? 미친 짓이었다. 별생각 없었기에 망정이지, 현실을 자각했다면 잔뜩 겁부터 먹었을 것이다. 하지만 당시에는 긴장은커녕 **신이 났다**. 친구란 친구는 다 불렀다. 부모님과 남동생 월까지 초대했다. 대단하다고 오해는 말라. 내가 준비한 농담은 진부하고 천박했으니까. 나는 처음으로 남성의 발기를 목격한 경험을 인간이 고질라를 마주친 상황에 비유했다. 심지어 무대에서 내려올 때까지 일말의 수치심도 느끼지 않았다. 워워, 초짜에게 뭘 바라시나? 중요한 것은 그 저질 농담을 마구 지껄일 때 내가 느낀 **감정**이었다. 나는 무대에 서는 게 좋았고, 좀 더 세련된 각본을 쓰고 싶었다. 무엇보다 관중이 웃음을 터뜨릴 때 아드레날린이 뿜뿜하는 게 너무너무 **좋았다**.

나는 그날로 스탠드업 코미디에 확 꽂혔다. 이후 테메큘라에서 로스앤젤레스까지 저녁 공연을 다녔다. 왕복 500킬로미터를 오가는 차 안에서 대사를 연습했고, '코미디 스토어'나 '임프라브' 같은 공연장에서 진행하는 오픈마이크 공연자 추첨에 응모했다. 당시엔 별 희한한 무대를 다 전전했다. 군부대 휴게실, 카페, 시끄러운 술집, 심지어 벌레스크[6] 무대에도 섰다. 마이크만 있다면 클럽이든, 브링어 쇼[7]든, 식당 한 귀퉁이에 얼렁뚱땅 만든 간이 무대든 가리지 않았다. 그땐 열아홉 살이라 술집이나 클럽에서 진행되는 쇼라면 문밖에서 내 차례를 기다려야 했다. 기다리다 차례가 오면 종업원이 나를 데리고 들어갔고 차례가 끝나면 바로 쫓아냈다.

한번은 〈라스트 코믹 스탠딩Last Comic Standing〉 쇼[8]의 오디션을 보려고 '할리우드 임프라브' 공연장 앞에 텐트를 치고 아빠와 함께 밤을 새운 적도 있다. 나름대로 웃음을 유발하기 위한 장치로 챙겨갔던 핑크빛 공주풍 텐트 안에서 우리는 다른 코미디언 지망생들과 밤새 수다를 떨며 어떤 농담을 선보일지 고민했다. 물론 오디션은 떨어졌다. 나는 여전히 파릇파릇한 애송이였다. 내게 앞으로도 꾸준히 정진하라던 심사위원 너태샤 레게로Natasha Leggero[9]의 조롱 섞인 얼굴이 아직도 기억난다. 나는 분명 희망과 열정이 점철된 표정으로 화답했겠지. **물론이죠, 여왕님. 여부가 있겠습니까.**

그런데 이제 막 발을 붙일 무렵, 농담도 제법 구색을 갖추기 시작하고 좀 더 멀리 바라볼 안목이 생기고 나자…… 별안간 스탠드업 코미디가 **싫어졌다.**

도무지 이해가 안 갔다. 스탠드업은 내가 사랑에 빠져

6 성적인 웃음을 유발하는 콩트나 여성의 성적 매력을 강조한 춤을 포함하는 공연.
7 이 무대에 서려면 공연자가 직접 매수한 관객을 데려와야 한다.
8 2003~2015년까지 NBC에서 방영된 코미디언 서바이벌 리얼리티 쇼.
9 미국의 배우 겸 코미디언.

시작한 일이었다. 그러나 초반의 열정은 점점 사그라지고 불안이 기어들어 왔다. 이제 초창기처럼 실수도 안 하는데 무대와 관객이 괜히 두려워졌다. 실력은 발군이라곤 할 수 없어도 끔찍할 정도는 아니었다. 썩 괜찮았다. 좌중을 휘어잡지는 못해도 귀엽고 엉뚱한 매력은 있었다. 빵빵 터지진 않아도 잔잔한 웃음은 챙겼다. 그런데 이 두려움과 불안은 다 뭐람? 왜 이제 와서?

무대 일정이 잡히면 지레 최악의 시나리오에 **몰입**하거나 더 심하게는 아예 취소해버렸다. 그래야 겨우 끼니를 챙기고 잠을 자고 **숨을 쉬었다**. 그때가 스탠드업에 뛰어든 지 고작 1년 남짓 됐을 무렵이었으니, 이런 상태가 정상인지 비정상인지도 가늠할 수 없었다.

지금은 안다. 그게 정상이다. 그만뒀다가 복귀하기를 여러 번 반복하는 코미디언도 있다. 만만치 않은 일이다. 지금도 나는 스탠드업을 **하기는** 하지만 **내 분야**라는 느낌은 들지 않는다. 스탠드업 코미디는 삶의 방식 자체라 할 수 있다. 잘하는 사람들은 그냥 **타고났다**. 내가 그 정도 경지에 오르기는 앞으로도 어려울 것이다. 노력 너머의 일이다.

아무튼 불안증은 점점 심해져 아예 손을 놓을 지경이 되었다. 고민을 거듭했지만 좀처럼 무대에 오를 수 없었다. 오픈마이크 공연 대기 명단에 이름을 적었다가 금세 지우고서 그냥 구경만 하기도 했다. 어쩔 땐 기껏 이름을 올려놓고 공연 중간에 자리를 떠 250킬로미터의 먼 길을 돌아온 적도 있다.

나는 시간이 해결해 주리라고 스스로 다독였다. 연습이 좀 더 필요한 것뿐이라고. 하지만 몸이 따라주지 않았다. 먹을 수도, 잘 수도 없었다. 스트레스성 위염에 시달렸고 머리카락이 한 움큼씩 빠졌다. 최면술사의 격려와 응원에도 끝내 무대에 서지 못했다. (그렇다. 실제 최면술사다. 막상 써 놓고 보니 이상하지만 자살 생존자를 연구하던 분이라 나는 특별히 무료로 최면 요법을 받았다.)

이제 와 돌이켜 보면 당시 내 불안의 원천은 스스로 벌을 주려는 심리, 즉 자기 학대 욕구였다. 무대 위 존재감은 늘고 농담은 맛깔스러워졌다. 같은 분야의 친구도 제법 사귀었다. 나는 그 틈을 어떻게든 비집고 스스로를 깎아내렸다. 뇌 한구석에서 속삭였다. "넌 누릴 자격이 없어. 거실에 크리스티나의 유골이 떡하니 자리 잡고 있는데 감히 너 혼자 행복하겠다고?" 그때까지 나는 크리스티나의 죽음이나 내 아픔을 입 밖으로 꺼낸 적이 없었고, 내 일상은 한 줄기 빛도 없는 캄캄한 어둠 속을 정처 없이 헤매는 느낌이었다

그때 끝내주는 구원자가 나타났다. 무대 공포증을 날려줄 해결책, 바로 인터넷이었다. 콕 집어 말하자면 유튜브.

유튜브는 남동생 윌이 몇 년 전 소개해준 사이트였다. 윌은 정체 모를 동영상을 만들거나, 크리스티나와 합세하여 내게 장난치는 모습을 깜짝 카메라로 찍어 자신의 채널 '윌조Willzorh'에 올리곤 했다. 윌은 당시 인기를 끌던 유튜버

라이언 히가[Ryan Higa]나 론리걸15[Lonelygirl15], 아니면 웃긴 고양이 영상들을 내게 보여주었다. 사실 크게 관심은 없었다. 그때까지도 내게 유튜브는 그저 별별 것들을 찾아보는 사이트였지, 그 별별 것들을 내가 직접 **올리는** 공간은 아니었다.

하지만 2011년, 스탠드업 코미디가 주던 행복에서 도망칠 준비가 되었을 무렵, 유튜브가 **급부상**했다. 라이언 히가가 올리는 영상의 조회 수는 수백만에 달했다. 아니, 조회 수나 구독자 수가 수백만을 돌파하는 일은 예삿일이었고 이제 그 숫자가 **돈**이 되기 시작했다. 펠리시아 데이[Felicia Day]는 B급 감성 캐릭터가 인기몰이하기도 전에 〈더 길드[The Guild]〉 같은 웹드라마 시리즈로 유튜브 제왕에 등극했다. 그런가 하면 유튜브를 통해 발굴된 슈퍼스타도 있다. 이를테면 저스틴 비버라든가.

좋아, 이건 나를 위한 거야! 스탠드업은 삼박자가 맞아야만 굴러간다. 조명, 마이크, 관객. 게다가 클럽이나 바에서 진행되기에 심야 뒤풀이가 따라붙는다. 하지만 유튜브는? 그야말로 **집콕러**의 무대다. 혼자서 작업하니 다른 사람의 눈치를 볼 필요가 없다. 화면으로 내 얼굴을 마주하기가 좀 오글거려서 그렇지, 편집하다 보면 꽤 만족할 만한 결과가 나온다. 집 밖을 나설 필요도 없다. 반려묘가 등장하면 효과가 더 좋다. 가공을 마친 결과물을 인터넷에 올리기만 하면 된다. 무엇보다 살아 숨 쉬는 관객과 대면할 일이 없다.

이제 관객 앞에 설 필요가 없다는 사실은 내 열정에 **불**을 지폈다. 아이디어가 넘쳤다! 우선 나만의 규칙을 정했다. 무슨 일이 있더라도, 일주일에 영상 한 편은 올릴 것.

유튜버로서 첫발을 떼기는 쉬웠다. 일단 하고 싶은 말이 너무나 많았다. 열여섯 살이 되면 초능력이 발현될 줄 알았다든지, 어른이 된다는 것은 엉터리 같다든지, 나의 최대 숙적인 내면의 악플러를 죽이고 싶다든지, 반쪽짜리 집순이로서의 내적 갈등이라든지 하는 것들. 스파이나 마법사가 되고 싶었던 중학생 시절의 판타지를 재연하기도 했다.

영상 제작 자체도 즐거웠다. 가장 기본적인 시각 효과조차도 골라 쓰는 재미가 있었고, 소품을 사서 배경을 꾸미거나 집에서 굴러다니던 옷으로 촬영용 의상을 만들기도 했다. 일주일 중 하루는 대본을 쓰고, 그다음 하루나 이틀 동안 촬영을 하고, 나머지는 편집하고 시각 효과를 입혀서 영상 한 편을 뚝딱 만들어냈다. 한 편의 원우먼쇼였다. 당시 유튜브가 제공하는 자유는 한도 끝도 없어 보였다.

피상적인 주제들이 바닥을 드러내자 나는 좀 더 개인적이고 내밀한 이야기를 꺼내게 되었다. 나의 사회적 불안, 기성 종교와의 사투, 일상에서 마주친 사소한 사건들을 털어놓았다. 승강기에 타려던 중 자리를 비켜주지 않는 남성과 말다툼을 한 일이라든지, 주차된 내 차를 박고 도주한 사람과 껄끄럽게 대면했던 일이라든지, 다소 흥미롭거나 도덕적 딜레마를 유발하는 경험을 하면 바로 영상으로 담아냈다. 유튜브는 나의 일기장이 되었고, 영상 제작은 일종의 카타르시스를 안겨주었다. 심리 상담사와 최근 고민을 상담하고 돌아와 영상을 만들면 그날 가슴에 와닿았던 조언을 내면화하기 안성맞춤이었다. 영상 제작은 내 삶의 다양한 장을 기록하고, 특정 이슈를 미련 없이 떠나보내고, 내 말과 행동에 책임을 지게 하는 장치가 되었다.

처음으로 카메라 앞에서 크리스티나의 죽음을 입에 담는 일은 쉽지 않았다. 편집 과정은 더 어려웠고, 올리고 난 직후가 가장 힘들었다. 사람들이 뭐라고 할지 감이 안 왔다. 그토록 개인적인 일을 공공연히 털어놓았다고 손가락질받을까 봐 두려웠다. 하지만 그때가 그 이야기를 딱 하고픈 시점이었다. 유튜브 영상이 나를 표현하는 자연스러운 방식이 되자, 좀 더 깊이 있고 중요한 얘기를 하고 싶었다. 그렇게 만든 영상 〈제발 자살하지 마세요Please Don't Kill Yourself〉는 극단적인 선택을 고민하는 사람들을 위한 메시지였다. 내가 자살에 대해 깨우친 바가 있다면 그건 자살 후 남겨진 사람들의 삶이 얼마나 피폐해지는가였다. 그래서 만약 내 동생이 죽기 전에 이걸 봤다면 결심을 돌리고 싶게 할 만큼 영상에 진심을 담았다. 사람들의 반응은 엇갈렸다. 내게 고마움을 전하는 사람이 있는가 하면, 자살은 개인의 선택이라고 주장하는 사람도 있었다. 어느 쪽이든, 속이 후련했다. 이것만큼은 딴 얘기를 하다 생각난 김에 언급하는 소재로 여기고 싶지 않았다. 그래야 동생의 죽음이 나와 우리 가족의 삶에 미친 파급력을 제대로 표현할 수 있을 테니까.

영상 제작 실력은 날이 갈수록 발전했지만, 내게 맞는 형식으로 자리 잡기까지는 꽤 오래 걸렸다. 그 형식이란 다음과 같다.

나는 늘 하나의 화두로 시작한다. 지금 내가 무엇에 몰두하는지, 무엇에 끌리는지, 무엇이 날 화나거나 슬프게 하는지.

그러고 나서 제목을 고민한다. 영상의 내용을 한 방에 집약할 수 있는 제목이 가장 좋고, 영상의 내용과 동떨어진 미끼식 제목은 최악이다. 제목은 시청자의 기대에 부응하며 내가 전달하고자 하는 논점과 취지에 맞아떨어져야 한다. 최고의 제목은 역시 시청자가 가슴에 새길 수 있는 제목이다. 나는 〈누가 누굴 보고 걸레래?Who Is A Slut?〉라는 영상에서, 타인에게 걸레라는 꼬리표를 붙이는 부류는 대개 꿍꿍이나 저의를 품고 있으며, 그런 부류야말로 걸레라고 결론지었다. 〈강간당하지 않는 법How to Not Get Raped〉이라는 영상에서는 여성이 폭력을 피하는 법에는 정보가 쏟아지는 데 반해 남성에게 동의를 가르치려는 노력은 턱없이 부족한 세태를 꼬집었다.

제목을 정하고 나면, 각본을 쓴다. 내 영상에는 대체로 긴 독백 사이사이 다음과 같은 요소가 들어간다. 첫째, 요점을 밝히고 강조하기. 둘째, 유머를 위해 정반대 상황 보여 주기. 셋째, 나만의 해답을 제시하기.

첫 영상을 올린 시점 기준으로 2년 반 만에 구독자 수는 수십만 명으로 불어났다. 나는 꼬박꼬박 일기를 쓰고, 감정의 기복을 세세히 기억해 뒀다가 이번 주의 영상으로 탄생시켰다. 틈만 나면 내 행동을 심리적으로 분석하고 성찰했다. 과거의 경험을 되돌아보기도 했다. 이를테면 중학생 때 스스로 앞머리를 잘랐다가 망친 일, 외모 콤플렉스로 고민했던 일, 연애 관계에서 실수했거나 사소한 일에 툭하면 과민반응 했던 일 등을 떠올렸다.

영상을 만들면 만들수록 내 안의 창작 요구는 더 커졌다. 나를 더 잘 알수록 자신감도 늘었다. 나만의 관점이란 게 생긴 것이다. 여러 주제에 대해 구체적이고 분명한 의견을 제시하게 되었다. 나는 온라인상에서 사랑과 우정, 자기 관리에 대해 조언해 주는, 고양이와 소품용 총을 사랑하는 여자였다. 그게 나라는 사람이다. 수많은 삽질과 방황의 시간을 거쳐 비로소 나만의 목소리를 찾은 느낌이 들었다.

목소리를 찾았다면 키우자

나는 주기적으로 꾸준히 콘텐츠를 만들어 내는 사람들을 매우 존경한다. **특히** 데일리 브이로거들. 쉬운 일이었다면 누구나 했을 것이다. 그러나 쉽지 않다. 지치고 무기력해진다. 막상 해보니까 생각보다 훨씬 많은 공이 들어간다. 부단히 새롭고 흥미로운 일을 찾아내야 하며, 녹화된 자료를 추려내고 텍스트와 시각 효과를 입혀 편집하는 데만 몇 시간이 걸린다. **빡세다.** 쳇바퀴 도는 햄스터가 된 느낌이 든다. 계속해서 새로운 콘텐츠를 만들어 내지 않으면 이내 허무의 늪에 빠져버린다.

2014년까지 150편이 넘는 영상을 유튜브에 올렸다. 영상 제작은 여전히 즐거웠지만, 내가 올리는 영상의 주제가 너무 광범위하다는 생각이 들기 시작했다. 나는 주로 복잡미묘한 주제를 2분 30초 길이의 재밌고 이해하기 쉬운 영상으로 만들었는데, 이런 식이라면 소재가 금세 고갈된다. 우울과 불안이라는 두 가지 화두는 이미 2분짜리 영상을 통해 집약되었다. 같은 주제로 재차 영상을 만들게 되면 왠지 퇴보하거나 중언부언하는 느낌이 들었다. 비슷한 얘기를 계속하다 보니 뭔가 공허하고, 할 말도 점점 바닥나는 듯했다.

그러다가 큰맘 먹고 단편 영화와 스케치 코미디[10]에 손을

---

10 즉흥적인 성향이 강한 10분 이내 짧은 길이의 코미디극을 말한다.

대기 시작했다. 주간 코미디 영상도 좋았지만 내 안에는 이야기꾼의 피가 흘렀다. 내게는 사실 배우가 먼저인데, 사람들은 나를 유튜버로만 알았다. 변화를 주고 싶었다.

그 무렵 내 채널의 구독자 수는 백만 명이 넘었다. 그러나 새로운 형식에 도전하자 조회 수가 떨어지기 시작했다. 초조해진 나는 다시 허겁지겁 기존 형식의 콘텐츠를 찍어냈다. 처음부터 끝까지 혼자 연출하고 개인적인 조언을 제공하는 방식으로 돌아간 것이다. 1년 정도는 그렇게 오락가락했다. 시청자를 만족시키면서도 내 창작욕도 채우고 싶었다. 결국, 창작욕이 이겼다.

물론 실수한 게 아닌가 싶을 때도 있었다. 눈앞에서 다른 유튜버의 구독자 수가 칠백만 명을 넘어서고, 영상을 올리는 족족 수백만 조회 수를 달성하며 내 채널을 크게 앞질렀다. 기존의 브이로그 영상에서 스케치 코미디와 단편 영화로 갈아타면서 내 영상의 조회 수가 뚝 떨어지자 착잡했다. 2014년에 단편 영화 여섯 편을 제작하려 스폰서 광고를 시작했을 때는 그야말로 직격타를 맞았다. 수용자들의 거부감은 확연했다. 사람들은 금방 지루해져서 떠났다. 그들이 기대한 건 그저 고양이와 소품용 총과 자신의 클론을 대동하고 재밌는 썰을 풀며 조언을 건네는 언니였다. 앳된 여학생들은 내게 다가와 이렇게 말하곤 했다. "언니가 조언을 해주던 예전 영상이 그리워요." 그러고는 내 얼굴에 떠오른 뜨악한 표정을 보고 황급히 덧붙이는 것이다.

"스케치 같은 거랑 단편 영화도 물론 멋지지만요."

하지만 지나고 보니 실수가 아니었다. 새로운 것에 도전한 일은 아티스트로서 나를 위한 최고의 선택이었다. 이는 모든 아티스트에게 해당되는 이야기다. 물론 쉽지 않고, 아차 싶을 때도 많다. 하지만 실패 없이는 배움도 없다. 알다시피 변화를 주면 오랜 구독자를 잃기도 한다. 하지만 그 과정에서 발견하는 자신의 잠재력은 무엇과도 바꿀 수 없다. 어쨌든 나는 초기에 설정한 목표를 이뤘다. 영화 학교를 나오지 않고도 유튜브를 통해 연출력과 연기력을 보여줄 포트폴리오를 만들어 냄으로써 브이로그 영상 제작 그 이상의 가능성을 스스로 증명한 것이다.

아티스트로서 나는 내면의 목소리에 충실하면서도 발전의 여지를 계속 남겨두는 일이 가장 어렵다. 어떻게 해야 한 분야에 안주하지 않으면서 상업적 가치가 있는 예술을 생산해낼 수 있을까? 어떻게 새로운 기술을 익히고 시도하면서 기존의 팬층을 만족시킬 수 있을까?

그 사이에서 균형을 잡기란 매우 까다로우며 나도 아직 갈 길이 멀다. 나는 **너무** 많은 일을 하려는 경향이 있다. 내가 한 가지 일만 해야 했다면 지금쯤 뭘 하고 있을까 궁금하다. 하도 벌여 놓은 일이 많아 처음 만난 사람들은 혼란스러워한다. "그러니까, 스탠드업 코미디를 하신다고요? 연기도 하신댔죠? 의류 브랜드를 출시했어요? 유튜버도 하면서요?" 늘 이런 식이다.

지금은 예전만큼 구독자 수에 연연하지 않는다. 댓글은 영상을 올린 당일 대강 훑어보는 게 다지, 하나하나 정독하진 않는다. 이제는 진정성 있는 내용을 담아내는 데에만 집중한다. 내게 중요한 주제, 재밌는 내용이어야 한다. 내가 뭔가를 얘기할 때 사람들이 웃거나 성찰하길 바란다. 그게 나의 목소리에 실린 힘이고, 나의 '브랜드'다.

창작 과정은 말 그대로 과정에 불과하다. 우리는 무언가를 만들어 낼 때마다 그 과정에서 새로운 무언가를 배운다. 나는 대개 실수를 통해 깨우쳤다. 이를테면 컷어웨이 숏[11]에 넣은 애드리브가 전체 흐름을 깨는 바람에 클론 신을 통째로 다시 찍거나 독백을 아예 새로 쓴 적도 있다.

때때로 사람들은 묻는다. "아이디어가 고갈될까 봐 걱정되지 않나요?" 이런 질문에 대한 내 대답은 한결같다. "언제나요." 하긴 모놀로그 영상만 300편에 달한다. 이제 내가 가진 관점과 견해를 실컷 표현했다는 느낌이 든다. 더는 할 말이 없어서 몇 주 동안 머리를 싸맨 적이 있는가 하면, 말하고 싶어 입이 근질거리는데 말해도 될지 확신이 서지 않는 경우도 있다. LGBTQ+[12]라든지, 흑인 인권 운동 Black Lives

---

11 앞장면과 직접 연결되지 않는 뒷장면을 연결하는 편집 방식 또는 그렇게 연결된 화면을 뜻한다.

12 성 소수자를 아우르는 개념. LGBTQ+에서 L은 여성인 동성애자(Lesbian), G는 남성인 동성애자(Gay), B는 양성애자(Bisexual), T는 성전환자(Transgender), Q는 Queer 또는 Questionary, 즉 자신의 성 정체성이나 성적 지향에 의문을 가지고 있는 넓은 의미의 성 소수자를 뜻하며, +는 그 외 아직 가시화되지 않은 성 소수자 모두를 포함한다는 함의를 가진다. 참고로 애나는 2018년 10월에 자신이 양성애자라고 공개적으로 밝혔다.

Matter[13]이라든지, 미국 정치 풍토에서 이슬람교도로 살아가는 게 얼마나 어려운지 등의 이야기들은 열변을 토하고 싶어도 내가 입을 열만큼 내 삶에 깊이 녹아들지는 않은 주제들이다.

솔직히 책상머리에 앉아 다음 영상을 구상할 때마다 아이디어가 바닥날까 봐 초조하다. 새로운 영상을 올릴 때마다 이게 마지막 영상일까 봐 두렵다. 하지만 이거 하나는 분명하다. 새로운 생각, 새로운 경험, 새로운 사람을 멀리하게 되는 때야말로 아이디어 고갈을 염려해야 할 시점이다. 변화에 지레 겁먹지 말고 배우며 성장하자. 그게 창작력을 살아 숨 쉬게 하는 유일한 길이니까.

스타가 되고 싶다면 무대를 만들자

스물한 살 무렵, 연기자의 꿈을 안고 LA로 왔다.

LA에서의 첫날밤이 기억난다. 집 근처 주류판매점에서 와인 한 병을 사서 홀로 자축했다. 그땐 아무것도 모른 채 마냥 꿈속을 걷는 기분이었다.

솔직히 말하면 그때 내 연기 실력은 형편없었다. 고등학생 때 서본 연극 무대 몇 편이 연기 경험의 전부였고, 정식으로 연기 지도를 받은 적도 없었다. 연기자 지망생의

---

13 2020년 5월, 경찰의 과잉 진압으로 아프리카계 미국인 조지 플로이드가 사망하자 흑인 인권 운동이 재점화되면서, 애나는 자신의 SNS 프로필에 Black Lives Matter(흑인의 생명도 소중하다) 구호를 내걸고 흑인 인권을 포함한 미국 내 인종 차별 문제에 강력한 비난의 목소리를 내고 있다.

흔한 상상처럼 나도 캐스팅 감독 앞에 서기만 하면 천부적 재능을 발휘할 줄 알았다. 그 착각은 첫 연극 오디션에서부터 깨졌다. 대본을 쥔 손은 덜덜 떨렸고 입에서는 대사보다 숨소리가 더 많이 나왔다.

그러나 부족한 재능이 열정까지 막진 못했다. 아빠는 내가 어릴 때부터 누구나 열심히 노력하면 보상이 따르기 마련이라고 가르쳤다. 그래서 나는 연기할 기회가 올 때마다 놓치지 말자고 다짐했다. 그게 내 실력을 키울 유일한 방법이니까.

연기 수업도 들었다. 첫발을 떼기에는 나쁘지 않았으나 꼴랑 15분 실습을 하자고 장장 3시간 반을 의자에 앉아 있어야 했다. 수업 하나 듣기에도 주머니 사정이 빠듯했다. 오디션을 밥 먹듯이 봤다. 온라인 캐스팅 사이트에 숱하게 지원서를 넣었지만 별다른 진전이 없어 점점 지쳐갔다. 제대로 연기를 펼칠 기회가 없는데 어떻게 연기 실력이 나아지겠나? 경력을 쌓기는커녕 번번이 문턱에서 가로막히니 실력을 갈고닦을 기회가 턱없이 부족했다.

당시 나는 입에 풀칠이라도 하려고 하루에 일자리 세 탕을 뛰었다. 오전에는 척추지압사 병원에서 예약 업무를 돕고, 오후에는 다섯 시간 점심 교대로 초밥 전문점에서 일했다. 저녁에는 온라인 벼룩시장에서 구한 자잘한 일거리를 전전했는데, 전부 오래가지는 못했다. 이를테면 코리아타운의 한 칵테일 바에서 행사 사회를 보기도 했고(말동무를 원하는 유부남들이 주 고객이었다), 지하 포커 클럽에서 칵테일을 서빙하기도 했다. 은퇴한 경찰관의 개를 산책시키기도 했는데, 개 주인이 틈만 나면 저녁을 먹고 가라며 수작을 부렸다. 그렇게 빠듯하게 하루를 보내고 나면 고양이 세 마리와 게이 룸메이트 세 명이 복작대는 집으로 돌아갔다. 아아, 그땐 그랬지.

2012년, 일찍이 내게 연기 수업을 추천했던 한 매니저가 에이전시를 차리게 되면서 그와 계약하게 되었다. 그로부터 얼마 지나지 않아 방송국 오디션을 보러 다녔다. 당시 스물두 살이었지만 열네 살로 보이는 외모 덕에 주로 디즈니 채널이나 MTV에서 하는 하이틴 드라마 오디션에 참가했다. 처음 따낸 것은 드라마 〈어쿼드^{Awkward}〉의 대사 한 줄이었다. 배우 애슐리 리커즈의 가슴이 얼마나 큰지 일본어로 떠드는 역할이었다.

그 후 2년에 걸쳐 여러 역할을 따냈지만 대부분 대사 한 줄짜리 엑스트라에 불과했다. 그나마 이런 역할이라도 따낸 것은, 오디션 때 캐릭터를 잘못 해석한 덕에 똑같은 대사만 수백 번 듣는 캐스팅 담당자의 눈에 신선하게 비쳤기 때문이다. 하지만 나는 날개가 꺾인 기분이었다. 더 큰 역할을 맡고 싶었고, 전환점이 필요했다.

유튜브 채널을 개설한 건 그렇게 한창 갖가지 잡일을 전전하며 오디션을 보러 다니던 시기였다. 구독자는 놀라운 속도로 늘었고 2012년에 이미 50만 명을 돌파했다. 하지만 그 당시만 해도 엔터테인먼트 산업은 인터넷 인플루언서들을 별로 주목하지 않았다. 유튜브 고정 시청자가 훌륭한 마케팅 수단이 될 수 있다는 생각을 미처 못한 것이다. 나는 심지어 내 채널이 구독자 백만 명을 돌파한 뒤에도, 인기 유튜버들이 디지털 콘텐츠 제작사에 속속 캐스팅되기 시작할 때도, 내가 원하는 배역을 선택할 힘이 전혀 없다고 느꼈다. 그때까지도 오디션을 보는 배역들은 B-학점을 받았다고 속상해하는 모범생 절친, 전자 기기를 능란하게 다루는 해커나 그런 조직의 구성원, 과도하게 농염한 억양을 구사하는 외국인 등에 한정되었다.

나는 주연 배우가 되고 싶었다. 연기자로서 내 커리어로 인해 느끼는 무력감은 이제 지긋지긋했다.

그래서 나만의 것을 만들어 보자고 결심했다.

그렇게 처음 각본을 쓴 시리즈는 〈라일리 리와인드^{Riley Rewind}〉라는 웹드라마였다. 십 대 시간 여행자가 같은 반 친구를 자살에서 구하려고 고군분투하는 내용이었다. 당시 함께 작업하던 파트너가 각본을 무척 마음에 들어 해서 그가 연출을 맡고 연기는 내가 직접 했다. 연출자의 채널[14]에 완성작을 공개하자 반응은 폭발적이었다. 할리우드 소식지 《버라이어티》에서 올해의 웹시리즈로 뽑혔으며 누적 조회 수는 2천 만이 넘었다. 팬들은 작품에 공감했고 통통 튀는 애니메이션 효과에 열광했다.

---

14 레이 윌리엄 존슨 채널에서 〈라일리 리와인드〉를 감상할 수 있다.

하지만 '라일리'는 제작비가 많이 들었다. 넷플릭스를 비롯해 여러 VOD 플랫폼에 팔았는데도 적자를 면치 못했다. 결국 내 파트너는 사비를 털어 제작비를 충당했고, 우리는 그것이 안정적이지 못한 사업 모델이었음을 깨달았다.

한두 해가 더 지났다. 오디션은 오고 또 갔다. 유튜브 영상은 매주 올렸지만, '라일리'를 이을 만한 역작은 만들어 내지 못했다. '라일리'는 지금까지도 내가 가장 아끼는 작품인데, 당시에는 그런 작품을 더 만들고 싶었다. 그래서 결국, 2014년부터 스폰서 광고를 시작했다. 제작비를 마련해 나만의 콘텐츠를 만들기 위해서였다.

광고에 앞서 시청자들에게도 투명하게 밝혔다. 새로운 것을 시도하고 싶은데 돈이 필요하다고. 나는 정기적으로 올리는 영상 말미에 특정 업체 홍보 메시지를 넣고, 통장에 들어온 광고비로 제작 예산을 꾸렸다.

그렇게 처음 만든 단편 영화 〈환각hallucination〉은 조현병을 앓는 소녀가 자신의 환각에 맞서 싸운다는 내용의 심리 스릴러물이었다. 나는 직접 주연을 맡을지 고민했다. 처음 제작진을 이끌고 메가폰을 잡는 일이라 어떻게 흘러갈지 감이 안 왔다. 고민 끝에 나는 내 친구 알렉시스를 주연 배우로 섭외했다.

제작진은 좋게 말하면, 뼈대만 갖추었다. 연출, 촬영 감독, 조명 담당/보조, 음향이 전부였다. 고작 하루뿐이었지만, 내가 연출을 도맡고 제작 현장을 진두지휘한 첫 촬영이었다.

나는 연출에 푹 빠져버렸다. 촬영장의 활력, 각본이 무대로 옮겨지는 과정, 배우들과의 소통이 너무 좋았다. 주연 배우를 섭외한 것도 신의 한 수였다. 연출을 맡기에도 정신이 없는데 동시에 연기까지 하기란 애초에 불가능한 일이었다. 알렉시스는 내 각본을 현실로 멋지게 구현해 주었다.

시청자들에게는 앞으로 한 달에 한 편씩 단편 영화를 올릴 계획이라고 밝혔지만, 막상 해보니 불가능한 일정이었다. 그리하여 그해 공개한 단편 영화는 총 여섯 편이었다. 〈환각〉, 〈응급 전화Emergency Call〉, 〈마음의 병 주식회사Afflicted Inc.〉, 〈임신 대재앙PREGNAPOCALYPSE〉, 〈여기 있네Here She Is〉, 〈미스 어스Miss Earth〉까지, 이 영화들을 제작한 일은 내 생애 가장 어려우면서도 가장 보람찬 일이었다. 한 작품의 각본을 쓰면서 다른 작품의 사전 준비를 하고, 동시에 또 다른 작품을 편집했다. 여기에 촬영까지 더해 총 네 단계로 이루어진 제작의 굴레를 빙빙 돌았다. 그 와중에도 주간 영상 마감일은 꼬박꼬박 지켰다.

2014년 말, 〈미스 어스〉가 Go90[15]와 시리즈 계약을 맺으면서 큰 예산을 얻게 되었다. 그토록 막대한 자본이 투입된 일은 처음이었다. 나는 전문 각본가와 감독, 제작진에 둘러싸여 작업할 기회를 얻었고 이번엔 주연도 직접 맡았다. 그렇게 단편 영화 〈미스 어스〉는 〈미스 2059〉라는 시리즈로 재탄생했다. 나는 시리즈의 주연 배우이자 기획

---

15 미국 최대 이동·통신업체 버라이즌의 모바일 동영상 플랫폼.

프로듀서였다. 20일 내내 쉬지 않고 촬영하면서 하나의 작품을 책임지고 이끌어 나간다는 게 어떤 것인지 제대로 들여다 볼 수 있었다.

나만의 것을 만들자고 결심한 건 장래를 위해서도 아주 잘한 일이었다. 그 덕에 상황을 통제하는 감각과 실력을 갈고닦을 기회, 새로운 것을 시도할 수 있는 자유를 얻었다. 내가 지구를 침공한 외계인이 모든 지구인 여성을 임신시키는 이야기를 단편 영화로 만들고 싶다고 한다면 누가 막을 수 있겠는가? 오디션장에 들어서면서 내가 원하지도 않는 배역을 따내려고 전전긍긍할 이유도 없다. 왜 그래야 하는가? 자급자족이 가능한데. 길목마다 도사리는 기회를 놓칠까 봐 마음 졸일 필요도 없다. 내가 골라잡을 수 있으니까. 실로 아름답고도 감사한 일이다.

무엇보다도 나만의 영화를 만들면 더는 고정된 배역에 갇힐 필요가 없다. 주인공의 절친, 해커, 기말고사에서 B학점을 받을까 봐 두려워하는 범생이처럼 정형화된 틀에 맞출 필요가 없는 것이다. 스스로 각본, 연출, 연기, 편집, 투자해서 **창조**해낼 수 있는데 내가 왜 남의 서사에 날 끼워 맞춰야 해? 내가 서사 그 자체인데.

그러니 내가 유튜브 시청자들(주로 젊은 여성들)에게도 자신의 것을 만들라고 조언하는 것이다. 아니, 부탁이니, 부디 자신의 것을 만들어라. 백만 구독자나 일억 뷰는 필요없다. 〈브로드 시티Broad City〉의 성공 신화를 보라. 아무도 알아주지 않는 저예산 미니 웹드라마로 시작했지만, 에이미 폴러의 눈에 띄어 최고의 텔레비전 시트콤으로 탈바꿈하지 않았던가.

그저 안목을 갖춘 한 사람만 내 작품을 눈여겨보면 된다. 그때까지 아주 오랜 시간이 걸리더라도 괜찮다. 그만큼 더 나은 크리에이터가 돼 있을 테니. 그때쯤 당신은 자신의 목소리를 찾아 키웠을 테고, 기술적, 창작적 측면에 대한 지식을 얻었으며, 당신이 좋아하는 일을 하느라 바빴을 것이다. 물론 쉽지 않을 것이다. 막막할 것이다. 뭔가를 만드는 족족 블랙홀 속으로 내던지는 느낌이 들지도 모른다. 그럼 그게 손해일까? 그렇지 않다. 얻을 건 많고 잃을 건 딱히 없다.

스타가 되고 싶다면, 무대를 만들자. 기다리지 말고 스스로 기회를 만들자. 이 다짐을 실행에 옮기기에 오늘보다 좋은 날은 없다.

시작하는 방법은 시작하는 것뿐

이런 질문을 숱하게 받는다. "지금 애나가 하는 일을 꿈꾸는 사람들에게 해 줄 조언이 있나요?", "어떻게 시작해야 할까요?" 나도 이런 질문에 멋들어진 정답을 내놓고 싶다.

나도 뭔가 예술가들만 아는 꿀팁이나 마법의 비결이 있을 거라고 생각했다. 실상은 그렇지 않다. 정답은 그보다 훨씬 간단하다.

바로 '행동'이다. 스탠드업 코미디를 하고 싶다면 재밌는 썰을 들고 무대를 찾아야 한다. 유튜브에 동영상을 올리고 싶으면 일단 카메라를 사서 녹화 버튼을 눌러야 한다. 배우가 되고 싶다면 연기 강습을 받고 오디션에 지원해야 한다.

너무 간단해서 김이 샌다. 하지만 열에 아홉은 이 간단한 걸 행동으로 옮기지 않고 그저 생각만 한다. 실제로 뭘 하는 대신 어떻게 해야 할지 탐색하느라 허송세월한다.

나는 지난 7년간 코미디에 몸담았다. 스탠드업, 스케치, 즉흥극improv16, 영상 제작을 두루 경험했다. 운 좋게 군인 아빠를 둔 덕분에 내 피에는 철저한 자기 수양과 직업윤리 의식이 흐른다. 계획 짜기와 일정 관리를 좋아하는 성향도 축복이라고 할 수 있다. 뭔가를 하기로 결단하는 일도 비교적 쉬운 편이다. 정말 어려운 부분은 일부러 시간을 내서 하기로 정한 일을 하고, 그것을 꾸준히 지속하는 것이다.

게으름과 의욕 저하에 맞서고 싶다면 나만의 루틴을 만들자. 일단 할 일 목록을 짜놓고 몸을 거기 맞추면 정신도 따라오게 되어 있다. 내 주변의 성공한 사람들을 보면 따로 시간을 마련해 자신이 하고 싶은 일에 투자하는 습관을 오랜

---

16 즉흥극 또는 임프라브는 미국에서는 대중적인 문화 예술로, 스탠드업 코미디와 함께 매우 활성화되어 있는 코미디 장르이다. 즉흥극은 관객으로부터 즉석에서 제시어를 하나 받아서 극을 시작하며 아무런 소품 없이 마임으로 연기를 한다.

기간 지속했다. 시작하기에 늦은 때란 없다! 이는 아름다운 진리다.

결단의 힘을 과소평가하지 말자. 뭔가를 하기로, **해야 한다**고 굳게 마음먹었다면 기어코 시간을 낼 것이다. 시작할 방법을 찾아낼 것이다. 전문 촬영 장비나 시나리오 작성 소프트웨어가 없어도 괜찮다. 어떻게 할지 고민할 시간에 실제로 하는 게 낫다. 실력은 점점 나아질 것이다.

그러니 '어떻게 시작하지?'라는 생각이 들 때면 질문을 이렇게 바꾸자. '**언제** 시작하지?'라고. 그리고 정답은 하나다.

바로 지금!

일은 일이라고 부르는 이유가 있다

앞으로 하루에 한 시간은 글쓰기에 배정했다고 하자. 좋아! 이제 첫발을 뗀 셈이다. 축하한다.

이제 컴퓨터 앞에 앉아 텅 빈 문서창을 마주한다. 꼬박 한 시간이 흘렀지만 한 문장도 쓰지 못했다. 썼다가 지우고, 또 썼다가 지우기를 반복한다. 그런데 써 내려갈수록 왠지 투박하고, 어색하고, 점점 뭘 쓰고 싶은지 모르겠다.

잘하고 있다.

한때는 나도 천부적 예술가에게는 절로 영감이 찾아온다고 믿었다. 그들이 손만 대면 걸작이 만들어지는 줄 알았다. 이제는 그렇지 않다는 걸 잘 안다.

시간과 공을 들이지 않고서는 누구도 창작할 수 없다. 언제까지고 느긋하게 영감이 찾아오기만 기다릴 순 없다. 그러니 컴퓨터 앞에 앉아 몇 시간째 멍을 때리더라도 낙담하지 말자. 습관을 들이는 게 중요하다.

창작을 위한 시간을 별도로 마련해 놓으면 머릿속에도 공간이 생긴다. 일상생활을 하면서도 무의식 중에 '오늘의 할 일' 목록 상단을 떠나지 않게 하는 것이다. 그럼 언젠가 영감의 대상이 뽕 나타날 것이다.

활력이 남아돈다면, 오늘의 할 일을 **시간형** 대신 **결과형**으로 바꿔보는 것도 좋다. '한 시간 동안 쓰기' 대신 '최소 오백 단어는 쓰기'처럼 말이다. 쓰레기 같은 오백 단어라도 꿈에 오백 보 가까워질 것이다.

아이디어는 째고 쨌다

어디서 아이디어를 얻냐는 질문을 받을 때마다 좀 난처하다. 왠지 스티븐 킹 같은 작가라면 웬 우물을 가리키며 "저기요. 저기서 퐁퐁 솟아납니다."라고 대답할 것 같지만.

아이디어를 찾기는 그리 어렵지 않다. 아이디어는 대개 생각과 자극에서 온다. 책을 읽고, TV를 보고, 주변을 탐색하자. 산책하면서 무작위로 떠오른 두 가지 아이디어를 결합해 보자. 관찰하자. 사람들이 어떻게 소통하는지, 세상이 어떻게 돌아가는지 들여다보자.

'만약에' 리스트를 적어보자. 나에게는 이 리스트가 단편 영화 아이디어의 원천이다.

- **〈환각〉의 아이디어: 만약에 조현병을 앓는 소녀가 자신의 환각과 대면한다면?**
- **〈마음의 병 주식회사〉의 아이디어: 만약에 거식증이나 조울증이 실은 다른 우주에서 온 영업사원이라면?**

'만약에' 놀이는 수많은 아이디어를 양산해 낼 수 있다. 머지않아 자신과 공명하는 아이디어를 만나게 될 것이다.

어디서 아이디어를 얻느냐보다 그 아이디어가 좋은 아이디어인지 나쁜 아이디어인지 초반에 판단하는 게 더 중요하다. 나는 형편없는 전제를 바탕으로 한 소설을 쓰느라 몇 개월을 허비한 적도 있다. '조현병 레즈비언 우주인' 이야기는 내가 전국 소설 쓰기의 달을 맞아 매일 써 내려간 40만 자의 대서사시였다.

하지만 첫 단추를 잘못 끼웠다고 해서 좋은 작품이 될 수 없는 것은 아니다. '조현병 레즈비언 우주인'은 결국 단편 영화 〈미스 어스〉의 파일럿으로 각색되었다. 은하계 경쟁에 휘말린 쌍둥이 이야기인데, 비유하자면 영화 〈미스

에이전트〉와 〈헝거 게임〉이 우주에서 만난 격이랄까.
지금까지도 내가 베스트로 꼽는 프로젝트 가운데 하나다.
아이디어는 꾸준히 기록해 두어야 한다. 좋은 아이디어, 나쁜
아이디어, 허무맹랑한 아이디어까지. 언제든 필요에 맞게
가공하면 되니까. 오글거리는 어제의 아이디어가 내일의
환상적인 시리즈를 이끌어 나갈 모티프가 될지도 모른다.

구려도 괜찮다

숱한 초고들. 초기 영상들. 문득문득 궁금해질 것이다.
언제쯤 안 구려질까, 나아지긴 할까.

나는 여전히 내 작업물 대부분에 미련이 남는다. 기껏
영상을 만들어 놓고 꼴도 보기 싫어서 올릴지 말지 고민할
때도 있다. 그러나 그 후회와 미련 모두 거쳐야 할 과정임을
배웠다. 내가 만들었다고 모두 보물은 아니다. 하지만 모든
졸작은 다음에 좀 더 나은 것을 만드는 데 어떤 식으로든
도움을 준다.

나는 뭔가를 만들 때마다 그 과정에서 다음 작업에
조금이라도 도움이 될 만한 것 하나 정도는 얻어가려고 한다.
뭘 만들든 개선의 여지는 항상 있다. 내가 만들어 낸 게 썩
훌륭하지 않다는 사실에 의기소침해지기는 참 쉽다. 하지만
그런 감정에 집중하기보다 경험에서 배우려는 자세로 임하는

게 먹고사는 데는 좀 더 보탬이 된다. 부정적인 생각에 골몰하느니 내 작품이 **왜** 구리고 **어떻게** 하면 나아질 수 있는지 이성적으로 분석하는 게 낫다는 얘기다.

내가 뛰어난 글쟁이가 아니라는 사실은 단편 영화를 만들기 시작하면서부터 알았다. 어떻게든 나아지려면 노력을 많이 해야 한다는 점도 깨달았다. 또한 연출과 연기를 **병행**하면 연기 쪽이 구려진다는 사실도 알게 되었다. 연출하는 데 너무 집중해서 배역에 온전히 빠져들기 어려워지기 때문이다.

가끔은 스스로 구려도 괜찮다고 다독이는 것도 도움이 된다. 압박감을 덜어주는 것이다. 예컨대 내가 즉흥연기를 하던 시절에는 '나쁜 즉흥연기'라는 놀이가 있었다. 몸풀기랄까, 누구나 규칙에 얽매이지 않고 엉터리 즉흥연기를 펼칠 수 있었다. 다른 사람 신에 뜬금없이 달려들며 "나는 빌어먹을 유령이다!"라고 소리 질러서 일등을 차지하는 식이다. 근데, 이게 꽤 재밌다. 때로는 '정석'이 오히려 우리를 방해할 수 있다는 사실을 일깨워주는 장치다.

그러니 다음부터는 내 작업물에 손발이 오그라들더라도 바로 없애버리지는 말자. 일단 심호흡을 하고 내 작품과 감정적으로 분리되자. 이성적으로 평가하자. 나의 약점을 발견하고 개선에 집중하자. 그것만이 내가 더 단단해지는 유일한 길이다. 단단해질수록 회복도 빠르다.

실패는 몸에 좋다

성공한 사람들은 누구나 실패의 궤적이 있다. 우리는 실패를 부끄러워하는 데 익숙하지만, 시도와 실수는 어떤 과정(과 삶 전반)에 필수적이다. 우리는 실수로부터 배운다. 실험과 시도, 도전으로부터 배운다. 실패는 문제 될 게 아니다. 실은 좋은 징조다. 실패함으로써 성공에 한 발짝 다가가는 셈이니까.

언젠가 멜리사 매카시[Melissa McCarthy][17] 주연 영화에 콜백[18]을 받은 적이 있다. 다른 여자들과 함께 대기실에 앉아있는데 오디션장에서 박장대소가 흘러나왔다. 너무 떨렸다. 멜리사 매카시가 저 안에 있고 곧 나랑 대사를 맞춰본다는 거잖아! 더 긴장되는 사실은 유명 캐스팅 담당자 앨리슨 존스가 나를 프로듀서 세션에 바로 꽂아주었다는 점이었다. (그날이 처음으로 연출진 앞에서 소리 내 대본을 읽는 자리였다는 뜻이다. 원래는 1차 오디션을 치러야 콜백 기회가 주어진다.) 이렇게 바로 콜백에 불려오면 더 떨린다. 사실 나는 1차 오디션을 보는 편을 선호한다. 캐스팅 담당자 앞에서 대본 리딩도 하고 그들에게 지도를 받기도 하니, 콜백에 올 때쯤에는 연기가 한결 정돈되기 때문이다.

---

17 미국의 영화배우. 코믹연기의 일인자로 불리며 2019년 아카데미 시상식 여우주연상에 노미네이트되기도 했다.

18 연출자나 캐스팅 감독이 1차 오디션에서 가능성을 보인 배우들에게 대본 읽기를 시키기 위해 다시 불러들이는 행위를 뜻한다.

하지만 이 배역은 대사도 읽어본 적 없는 배역이었다. 어떤 배역인지도 몰랐고 뭐 때문에 멀리사 매카시가 그토록 웃었는지도 몰랐다. 어쨌든 내 차례가 와서 오디션장에 들어갔고, 최선을 다했다.

그리고 처참히 망했다.

노잼이었다. 아무도 웃지 않았다. 심사자 전원의 눈빛에서 나 자신이 스르르 짜부라지는 게 느껴졌다. 그대로 바닥에 녹아 없어지고 싶었다. 내가 지금 여기서, 코미디의 전설인 멀리사 매카시 앞에서, 요만큼도 웃기지 못했다니. 나는 오디션장을 나와 그대로 차 운전대에 머리를 박았다. 집으로 돌아오는 길 내내 자책했다.

한번은 스튜디오에 어떤 만화책을 피칭^{pitching}하러 간 적이 있다. 그래픽 소설 하나를 이력에 추가하고 싶어서였다. 나는 피칭이 싫다. 모르시는 분들을 위해 설명해 드리자면, 피칭은 기본적으로 기획자에게 작품을 설명하는 것이다. 영화나 드라마나 만화책의 등장인물과 줄거리를 처음부터 끝까지 묘사하는 것이다. 딱 싫다. 나는 얼굴을 맞대고 이야기를 나누는 데 젬병이다. 꼭 중요한 부분을 빼먹거나 조리 있게 설명하지 못한다. 적어둔 내용을 줄줄 읽고 싶은 마음이 굴뚝같지만, 상대방은 내 목소리와 카리스마로 이야기를 이끌어가길 원한다. 안타깝게도 그런 건 내 특기가 아니다. 좀처럼 파티에서 대화하듯 자연스럽게 말하질 못한다. 앞으로도 내 프로젝트에 자금을 댈 인사들에게 능숙하게 이야기할 날은 한참 먼 것 같다.

어쨌든, 그 자리에서, 기획자 앞에서, 작품의 세계관과 줄거리와 등장인물에 대해 장황하게 떠들어댄 끝에, 겨우 준비했던 이야기를 마쳤다. 생각보다 괜찮았다. 집에서 한 시간 동안 입으로 직접 말해보며 연습해 간 데다, 심지어 어느 지점에서 애드리브를 치고 어느 지점에서 늘어지는지 사전에 핸드폰에 녹음해 들어보기까지 했으니까.

마침내 기획자가 입을 열었다. "너무 헷갈리네요."

'헷갈린다'라는 말은 이야기가 별로라는 말보다 더 나쁘다. 대체 뭔 소린지 못 알아들었다는 뜻이니까.

이 두 경험은 수치스러웠지만 모두 내가 안고 가야 할 기억들이며 배운 점도 있었다. 일단 뭘 잘못했는지 알게 되었으니 다음에는 (부디) 제대로 하면 된다. 실패는 정말 멋지다. 더 나은 내일을 위한 자극이자 무엇을 잘못했는지 배울 기회니까. 무엇보다 **시도는 했다**는 증거니까. 너무나 많은 사람이 실패가 두려워 시도조차 못 한다. 우리는 실패를 부끄러워하기보다 끌어안아야 한다. 실패는 필요악이다. 나도 실패의 기억들이 떠오를 때마다 창피해서 손발이 오그라들지만, 시도라도 한 게 어디냐며 스스로 다독여 준다. 다음에 더 나아지리라 나직이 다짐하면서.

내 창작물은 내가 아니다

아티스트들은 보통 자신의 가치를 자기 작품과 결부해 판단하는 경향이 있다. 나도 내가 만든 콘텐츠를 사람들이 좋아하면 행복해지고, 내가 올린 영상의 반응이 나쁘면 억장이 무너진다. 굉장히 비생산적이고 집중도가 떨어지는 방식이다. 나도 완벽히 연마하지는 못했지만 내 작업물과 자존감을 분리하는 일에 조금씩 능숙해지고 있다.

비결은 '내 작품은 내가 아니다'라고 되새기는 것이다.

'내 눈에 흙이 들어가기 전에는^{over my dead body}'이란 관용어를 얼마나 싫어하는지를 설파한 2분짜리 영상은 내가 아니다. 내가 배고플 때 남자친구에게 어떤 식으로 행동하는지 묘사한 랩은 내가 아니다. 그리고 이 책은 내가 아니다.

그 대신 나는 내가 이 세상과 남에게 어떤 보탬이 되었느냐, 평범한 일상 속의 나는 어떤 사람이냐, 내가 나답게 행동했느냐로 내 가치를 매긴다. 내 인생은 지금 여기서 내가 무엇을 하느냐로 규정된다. 내 창작물이 아니라.

뻔뻔해지자

악플러들과 내 관계는 아주 복잡하다. 전에는 차기 영상에 도움이 될 만한 조언을 얻을 요량으로 영상에 달린 댓글을 일일이 읽었다. 하지만 유튜브 영상에 댓글을 다는 사람들은 대게 극단적이다. 일부는 내가 하는 모든 일에 조건 없는 애정과 지지를 보낸다. 기분은 좋지만 실력 향상에 반드시 도움이 되지는 않는다. 그리고 다른 한편에는 '안티hater'라 불리는 자들이 있다. 이들은 스스럼없이 나의 외모, 직업, 가족, 자존감을 깎아내린다.

한때는 혐오 댓글을 마주하면 괴로웠다. 울기도, 반박하기도, 싸우기도, 무시하기도 했다. 유의미하고 건설적인 대화를 시도했고, 바락바락 이겨 먹으려고 애썼다. 그러다가 그냥 영상을 올린 지 며칠이 지날 때까지 댓글을 보지 않았다. 그때쯤이면 일일이 반박하고 싶은 충동도 대충 사그라들었다.

아티스트라면 남들의 비판에 어떻게 대처할 것인지 결단해야 한다. 한때는 레딧reddit에 내 이름을 검색해 봤다가 악의적인 내용을 발견하고 자기 연민과 자기혐오에 빠져 울기도 했지만 이제는 안다. 기분이 좋지 않은 날에는 아예 댓글을 보지 않는 게 상책이라는 것을.

한편으로는 인터넷 독설 덕분에 낯짝이 꽤 두꺼워졌으니 고맙기도 하다. 사람들은 화면과 키보드 뒤에 숨었을 때 천 배는 더 잔인하다. '이 재능 없는 년아'라는 말은 얼마나 많이 들었는지 셀 수도 없다. 온라인 댓글에 비하면 실생활에서 마주치는 무례함은 어깨 한번 으쓱하고 지나갈 만하다. 그보다 더한 수모도 많이 겪었으니까.

오해는 말라. 잔인한 댓글이 괜찮다고 생각하지는 않으니까. 다만 내게는 키보드 저편에 누가 있을지 상상하는 습관이 생겼다. 이 습관은 온라인에서 활동하는 여성으로서 겪는 온갖 역경에 대처하는 데 도움이 된다. 이딴 저열한 댓글을 단 사람은 분명 욕하는 법을 막 배운 십 대일 것이다. 아니면 집구석에 틀어박혀 잘 알지도 못하는 사람에게 화풀이하고 싶은 가엾고 외로운 사람일 것이다. 악플러들이 현실에서 어떤 사람일지 떠올려 보면 나를 향한 상품화와 비하, 끝없는 잔인함을 거리를 두고 볼 수 있게 된다. 결과적으로 나는 더 단단한 사람이 되는 셈이다.

여기까지가 최근 7년간 내가 크리에이터로서 배운 점들이다. 물론 배웠다고 매일 실천하기는 어렵지만, 내가 그럭저럭 잘해나가고 있음을 슬그머니 일깨워 준다. 모두 다 과정인 것이다. 이 여정을 즐겨라. 나처럼.

제2장

멘탈과 정체성에 관해 해주고 싶은 이야기

자신에게 늘 만족하고 어디서나 당당하기란 쉽지 않다. 그래도 내가 어떤 사람이고 어떤 가치를 믿는지 제대로 아는 것이 내 인생의 주인이 되는 첫 번째 단계다.

자기 관리는 자기에게 맞는 방식으로

동생이 죽고 나서 우울증이 심각했다. 왜 아니겠는가. 하지만 정신 건강은 우리 집에서 거의 다루지 않(거나 아예 인식조차 못하)는 문제였다. 자연히 나는 심리 상담사에게 내 감정을 털어놓거나 전문의를 찾는 대신 스스로 치료했다. 술을 진탕 마시고, 마리화나를 피우고, 환각 버섯, LSD, MDMA를 복용했다. 그런 것들을 닥치는 대로 써야만 내 머릿속에서 끊임없이 맴도는 물음을 잊을 수 있었다. '크리스티나를 다시 만날 수 있을까?' '크리스티나가 저세상 어딘가에 있기는 할까?' '아예 사라졌을까?'

맨정신일 때면 그런 질문들이 나를 괴롭혔다. 그래서 아예 맨정신이 되길 거부했다.

가족의 죽음을 애도한다는 것은 속이 텅 빌 때까지 운다는 뜻이다. 슬픔조차 지긋지긋해서 무덤덤해질 때까지. 나는 그러고 싶지 않았다. 텅 빈 머리와 가슴을 다른 것들로 채워 크리스티나 마리 아카나가 우리 곁에 존재했다는 사실을 지워버리고 싶지 않았다.

마약에 손을 대기 시작한 것도 우울증이 걷잡을 수 없이 심해져서였다. 나는 아무 데도 가지 않고 집에 틀어박혔다. 내가 숨어서 무슨 짓을 하는지 부모님이 알긴 했을까? 엄마라면 알아차렸을지도 모른다. 한번은 약에 취한 채 아래층에 기다시피 내려가 텔레비전을 보고 있는 엄마 품에 뛰어든 적이 있다. 어쩌면 엄마는 그저 내가 평소답지 않게 어리광을 떠는 줄 알았을지도 모르겠다. 어쨌거나 우리 부모님은 평생 마약을 멀리한 분들이다. 느닷없이 북받치는 애정의 정체가 약 기운임을 어찌 알았겠는가?

나는 2년제 대학에 등록했지만, 툭하면 수업을 거르고 약에 취했다. 낯을 끔찍이 가려서 모르는 사람과는 제대로 말도 못 했다. 그래도 일상을 되찾으려는 시도는 했다. 수의학을 전공해볼까 하고 한 동물 병원에서 인턴을 한 적도 있다. 하지만 늘 구석에서 어슬렁대며 누군가 내게 먼저 말을 걸지 않는 한 입을 열지 않았다. 새 친구를 사귈 수도 없었다.

크리스티나가 죽기 직전까지는 게임스톱[19]에서 일했었는데, 큰맘 먹고 복직했다가 상태만 더 나빠졌다. 툭하면 억장이 무너져서 뒷방에서 남몰래 눈물을 쏟았다. 아무런 목적 없이 일하고 학교는 다니는 시늉만 하면서, 망각에 이를 때까지 마시고 피워대는 것으로 내 삶을 채웠다. 군 장교든 수의사든 뭐라도 되고 싶었던 야망은

---

19 엑스박스, 플레이스테이션4, 닌텐도스위치 등을 유통하는 미국의 대형 게임 유통 업체다.

온데간데없이 사라졌다. 실은 오래전부터 배우와 각본가의 꿈을 품어왔지만 그런 꿈들은 크리스티나처럼 죽어버렸거나 손에 닿지 않을 만큼 까마득해졌다.

그때 나는 하루에 다섯 차례 마리화나를 피웠다. 게임스톱을 그만두고 피자 가게에 취직했을 무렵이었다. 출근 전에 약에 취하고 가게를 미친 듯이 청소하다 보면 약발이 떨어졌다. 그러면 점심시간에 다시 취해서 오븐을 닦는 데 열중했다. 집에 돌아와서도 취한 채 컴퓨터 게임을 했다. 그렇게 인사불성이 되어 잠이 들었다. 좀 더 센 약을 시도했다가 눈물로 지새운 밤도 있었고, 친구와 함께 약을 하는 밤도 있었다. 하지만 혼자 있는 편이 나았다.

설상가상으로 온라인 쇼핑에 빠져 만 달러가량의 빚더미에 파묻혔다. 뭔가를 사는 행위 자체가 좋았다. 잠시나마 살아있는 느낌이 들었고, 단지 그 스릴을 맛보려고 상점을 돌아다니며 이것저것 훔쳤다. 착용하지도 않을 클립식 귀걸이를 가방 안으로 쓱 집어넣을 때 심장이 쿵쿵대는 느낌이 너무 **짜릿**했다.

나는 그 시기에 우리 가족이 뭘 하며 지냈는지 지금도 모른다. 가끔 한밤중에 안방에서 엄마의 울음소리가 들리면 나는 이어폰 볼륨을 올렸다. 엄마를 따라 끝없는 울음바다에 빠지고 싶지 않았다. 그 바다가 우리 가족의 삶을 집어삼킬 것 같았다. 동생 윌도 집안에서 종종 마주쳤지만 남매다운 대화는 거의 없었다. 그 애도 약에 취하지 않았을 뿐,

나처럼 그저 멍해 보였다. 아빠는 아빠 나름대로 월드 오브 워크래프트라는 판타지 게임 세계에 빠져 고통을 지우고 있었다.

그러다가 나는 스탠드업 코미디 세계에 눈을 떴고 그 덕분에 삶의 의욕도 생겼다. 그제야 우울증과 약물 남용을 악화시킨 건 목적 없는 삶이었음을 깨달았다. 그래서 무대와 연기에 뛰어들었고 그 뒤로 약에는 손도 대지 않았다. 나는 MDMA 대신 무대에 오르는 느낌에 도취했고, LSD 없이도 살아갈 수 있게 되었다. 할리우드라는 환각제로 족했다.

겨우 술과 각종 약물을 끊었지만, 우울증은 완전히 사라지지 않았다. 동생이 죽은 직후와는 종류가 다른 우울감이었다. 고통은 전처럼 따갑고 쓰라리지 않았다. 다만 둔탁했다. 고만고만한 고통이 담요처럼 온몸을 덮어버린 듯했다. 그러다가 문득 생각했다. **어차피 죽을 텐데 일만 하다 죽으면 좀 어때? 덧없는 인생일 뿐인데.** 나는 아무도 없는 사무실이나 고양이들이 있는 집에 처박혀 홀로 작업에 열중했다. 비생산적이거나 일과 무관한 건 거들떠보지도 않았다.

그러다 보니 사람과 소통하는 능력이 퇴화했다. 누군가와 마주 앉아 이야기하다가 대화가 끊기면, 나는 인간임을 잠시 망각하기라도 한 듯 상대방 얼굴만 멀뚱히 쳐다봤다. 사람들이 '어떻게 지내?'라고 물으면 뭐라고 대답해야 할지 몰랐다. 동생이 죽은 지 얼마 안 됐을 땐 울컥 화가 나거나 슬프기라도 했는데, 이 무렵에는 그냥 무덤덤했다. 어떻게 지내냐고? 나도 모르는데? 하는 일은 순조롭다. 친구 관계도 원만하다. 연애 사업도 순탄하다. 그저 '성공'이라는 추상적인 개념을 좇아 햄스터처럼 끝도 없이 쳇바퀴를 도는 기분이었다. 한편으로는 이런 생각도 들었다. '어차피 죽을 텐데 뭐하러 일만 해?' '영영 뭐 하나 손에 쥐지도 못할 게 뻔한데 느낌만 좇아서 뭐 해?' 내게 이런 질문에 대한 해답은 없었다. 사실 지금도 딱히 답을 찾은 건 아니지만.

그럴 때마다 기분이 가라앉았다. 서글퍼졌다. 바닥에 누워 멍하니 천장만 바라보기 일쑤였다.

꽤 오래전부터 상담사는 내게 항우울제 복용을 권했다. 그때마다 나는 정중하게 거절하며 차라리 운동, 비타민, 채식 등을 시도해 보겠다고 고집했다. 얼마간은 효과가 있었다. 일에 몰두하거나 식단과 운동을 엄격하게 지킬 때면 우울감을 거의 느끼지 않았다. 나는 우울증을 존재감 없는 배경처럼 취급했다. 이따금 불안해져도 아닌 척하거나 모임에 나가 알코올로 날려버리면 그만이었다. 일이 제대로 안 풀리면 가만히 누워서 죽는 순간을 떠올리다가 억지로 다시 몸을 일으켰다.

그러다 마침내 약물 치료를 시도해 보기로 한 데는 여러 이유가 있었다. 상담사가 꾸준히 권하기도 했고, 우울과 불안이 날로 심해지다 보니 나는 점점 함께 살기 힘든 사람이 되어갔다. 무엇보다 가장 큰 이유는 내가 그동안 위선자였음을 깨달았기 때문이다.

나는 정신 질환 낙인화를 강하게 비판해온 사람으로서 그간 유튜브나 SNS상에서 자살 예방에 적극적으로 목소리를 냈다. 하지만 실상은, 날마다 조언이랍시고 이말저말 떠들어대면서 정작 본인은 자기 상담사의 조언조차 듣지 않았던 것이다.

지금 와서 돌이켜 보니 내가 항우울제 복용을 한사코 거부했던 이유는 내 우울증이 진짜라고 인정하기 싫어서였다. 두려웠다. 괜히 지는 것 같았다. 나는 내가 깨고자 했던 고정관념을 스스로 반복하고 있던 셈이다. 그래서 나는 내 결심과 언동에 책임을 지고 싶을 때마다 늘 해오던 일을 했다. 영상으로 만든 것이다. 빼도 박도 못하게. 시청자들에게 내가 그동안 위선자였으며 약물치료를 시작하겠다고 밝혔다.

그리고 전문의를 찾아갔다.

나는 의사에게 센 약을 먹었다가 중독에 빠질까 봐 겁이 난다고 했다. 의사는 고개를 끄덕였다. 딱히 거만하지는 않은데 의사들 특유의 짜증과 피곤이 섞인 표정이었다. 그는 내게 가족이 중독 문제를 겪은 적 있냐고 물었다. 나는 동생의 자살과 우리 집안 성향을 설명했다. 도박, 술, 그리고 온라인 게임 중독.

의사는 고개를 끄덕이며 의료 기록부에 메모하더니 내 생활 습관을 물었다. "규칙적으로 운동합니까?" 네.

"밥은 잘 챙겨 먹습니까?" 네. "잠은 충분히 잡니까?" 네. "스트레스를 잘 관리합니까?" 잘은 못 하지만, 노력하고 있습니다.

의사는 마지막으로 증상을 물었다. 나는 종종 무기력하게 바닥에 누워있고 집 밖에 나가면 괜히 불안해서 쉽게 피로하고 예민해진다고 말했다.

의사는 무슨 약이든 처방하기 전에 피검사부터 하자고 했다. 갑상선 문제나 빈혈증 등 다른 가능성을 배제하기 위해서였다. 채혈하고 난 뒤 결과가 나오면 연락해 주겠다고 했다.

일주일 뒤 전화가 왔다. 검사 결과는 전반적으로 양호했다. 신체적으로는 아무 이상이 없었다. 그래서 다시 항우울제 상담을 받으러 갔다. 나는 재차 의사에게 약물치료가 두렵다고 말했다. 우울증약을 먹으면 머리에 안개가 낀 느낌이라느니, 살이 찐다느니, 온 세상이 흐릿하고 무채색으로 보인다느니 하는 들은풍월을 읊고 나서 극미량만 처방해 달라고 덧붙였다. 의사는 한숨을 쉬며 내 의료 기록부를 내려놨다.

"저는 고혈압입니다." 의사가 말했다. "집안 내력이에요. 유전이죠. 고혈압약을 먹지 않으면 괴로워요. 그래서 먹습니다. 약을 안 먹는다고 죽을까요? 안 죽어요. 하지만 삶이 훨씬 편해집니다. 당신은 우울증일 뿐이에요. 저번에 가족 얘기를 들어보니 집안 내력일 가능성이 커요."

나는 고개를 끄덕였다. 일리가 있었다. 우울증도 질병일 뿐이다.

"약을 먹는다고 우울증이 치료될까요? 아닙니다. 하지만 사는 게 조금이나마 편해질 거예요."

그 순간 그 말이 확 와닿았다. 나는 정신 질환 낙인화를 수년 동안 비난해 왔으면서 마음속으로 충분히 내면화하지는 못했다. 머리로는 비판하면서도 그 낙인이 내 안에 너무 깊이 새겨져 있어서 나도 모르게 고정관념을 반복하고 있었다.

정신 질환과 물리적 질환의 가장 큰 차이는 그 둘을 바라보는 사람들의 태도다. 감기에 걸리거나 암을 발견하거나 뼈가 부러지면 가족과 친구들이 곁에서 물심양면으로 도와준다. 하지만 조현병, 조울증, 우울증을 앓는다고 하면 얘기가 달라진다.

나는 렉사프로정 10밀리그램짜리를 처방받았다. 4주 정도는 피로, 불면증, 안개 속을 걷는 기분을 느끼는 등 과도기로 힘들었지만, 금세 변화를 체감했다. 우선 뇌를 감싸고 있던 둔탁한 느낌이 한 꺼풀 가신 느낌이었다. 발걸음이 가벼워졌고, 마음가짐도 한결 가벼워졌다. 일상에서 맞닥뜨리는 사소한 일에 화가 치밀거나 슬프지도 않았다.

아, 이게 바로 정신적, 정서적으로 선명한 느낌이구나.

그 순간 내 삶을 돌이켜 보니 여태껏 롤러코스터를 타고 살아온 것 같았다. 깎아지르는 오르막과 내리막 구간,

초고속 회전 구간, 예상치 못한 급정지 구간들로 이루어진 롤러코스터. 렉사프로정을 복용하고부터는 초호화 열차 일등칸으로 옮겨 탄 느낌이었다. 느긋하게 앉아 바깥 경치를 감상할 수 있었다. 한숨 돌리고 조용히 사색을 즐기는 것도 가능해졌다.

그렇다고 항우울제가 내 우울증을 '없애'거나 '치료한' 것은 아니다. 렉사프로정은 마지막 도움닫기였을 뿐, 그 외의 생활방식, 즉 규칙적으로 운동하고, 건강하게 먹고, 곁에 있는 사람들과 원만한 관계를 구축하는 것이 내 우울증을 다스리는 데 훨씬 더 중요한 부분이었다. 하지만 내 삶에 비로소 변화가 생긴 건 약을 먹고부터다. 나는 시도 때도 없이 그 얘기를 했다. 누가 잘 지내냐고 물으면 항우울제를 먹고 있다는 얘기부터 꺼냈다. 상대방도 같은 경험이 있는지 궁금했다. 놀랍게도 많은 친구와 동료가 항우울제를 먹고 있었다. 택시 기사나 가게 직원과 얘기해 보면 그들 역시 우울증과 사투를 벌이고 있다고 했다. 우울증은 생각했던 것보다 훨씬 흔한 질병이었다.

왜 이런 얘기를 아무도 하지 않았지?

그런데 약효를 보면서 신이 난 나와 달리 몇몇 친구와 가족은 탐탁지 않은 눈치였다. 한 친구는 진정한 행복은 병원이 아닌 내면에서 찾아야 한다며 항우울제가 주는 '거짓 행복감'을 조심하라고 일렀다. 어떤 친구는 자신도 항우울제를 먹어봤는데 심한 부작용을 겪었다고 했다.

약효가 나타나다 마는 약도 있다고 했다. 우리 부모님은 내게 니아신 비타민을 한아름 안겨주며, 우울증 따위는 나이가 들면 자연스럽게 사라진다고 다독였다.

나는 모두의 말을 귀담아듣고 그들이 걱정하는 바도 이해했다. 하지만 내게 무엇이 최선인지 제일 잘 아는 사람은 나였으므로, 나는 계속 렉사프로정을 복용했다. 자기 관리라면 자기한테 맞는 방식을 찾아야 한다. 우리의 몸과 마음, 가치관은 저마다 다르다. 나에게 맞았던 방식이 타인에게는 맞지 않을 수도 있고, 한때는 안 맞았던 방식이 나중에는 잘 맞을 수도 있다.

정신 건강을 둘러싼 나 자신의 두려움과 편견을 마주하기까지 참 멀리 돌아왔다. 결국 내가 걸어 다니는 모순덩어리였음을 인정하고 내 우울증을 있는 그대로 받아들이고 나니, 한참을 찾아 헤매던 마지막 퍼즐 조각을 발견한 느낌이었다. 물론 늘 행복하지는 않다. 앞으로도 계속 우울과 불안에 시달릴 것이다. 하지만 약을 먹기 시작한 뒤로 삶이 좀 더 나은 방향으로 변했다. 내 경험담에 힘입어 사람들이 자신의 행복을 스스로 책임지기를 희망한다.

피부색 '탓'이 아니라 '덕분에' 성공한다

나는 여덟 살이 되기 전까지 내가 아시아인인지도

몰랐다.

어떻게 알았는지는 기억나지 않는다. 하지만 일단 알게 되자 모르던 때로는 돌아갈 수 없었다. 아시아인은 영화나 텔레비전에 잘 나오지 않는다는 사실도 알게 되었다. 내가 롤모델로 삼을 만한 아시아인이라면, 재키 챈, 루시 리우, 또 누가 있더라?

내가 어릴 때 우리 가족은 다른 나라나 미국의 소도시, 대개 군사 기지가 있는 곳을 전전하며 살았다. 아빠는 해군 항공 장교였고 엄마는 아이 셋을 키우는 전업 주부였다. 2~3년에 한 번씩 새로운 주나 지역으로 이사했다. 나는 여섯 살 때까지 이미 13개 주에서 살아 봤다. 여행을 좋아하는 우리 부모님은 낯선 문화를 체험하고 색다른 음식을 시도하는 데 거리낌이 없었다. 나는 늘 백인 아이들과 놀았고 단 한 번도 그 애들과 내가 다르다고 생각하지 않았다. 적어도 아무도 나를 다르게 대하지 않았다.

그러다가 캘리포니아주 테메큘라로 이사 와서야 처음으로 인종 차별과 맞닥뜨렸다(와인과 열기구로 사랑받는 느긋한 도시치고는 인종 간 갈등이 심했다).

샤파렐 고등학교에 11학년으로 입학한 첫날, 백금발 까까머리를 한 이상한 백인 남자애가 나를 보고 말했다. "중국으로 돌아가[20], 원숭아!" "…난 일본계인데." 그놈은

---

20 훗날 애나가 첫 단독 주연을 맡은 영화의 제목이 〈고 백 투 차이나〉인 것이 살짝 흥미롭다.

내 쪽으로 침을 퉤 뱉고 지나갔다.

그 후로도 인종 차별은 꾸준히 내 삶의 한 부분을 차지했지만, 나는 그것이 내게 영향을 미치게끔 내버려 두지 않았다. 사람들이 욕을 하든 편견에 매여 있든 재수 없게 굴든 내게는 별로 문제가 되지 않았다. 연기를 시작하기 전까지는 그랬다는 말이다. 그때부터 인종 문제가 실체로 다가왔고, 나와 내 커리어 사이의 보이지 않는 벽이 되었다.

고등학교 연극부는 흔한 아웃사이더 집단이었다. 고전 영화나 뮤지컬에 관심이 많은 백인 애들이 주를 이뤘는데, 나는 그 사이에 어렵지 않게 끼어들었고 딱히 누군가와 갈등을 빚지도 않았다.

하지만 지도 선생님은 좀 달랐다. 그는 한때 할리우드에 진출하려고 노력했던 라틴계 배우였는데, 라틴계 남성이 따낼 수 있는 역할은 '조직폭력배3' 같은 식으로 늘 한정적이었다. 낙담한 그는 LA를 떠나 테메큘라에 교직을 얻었다. 나는 그 교사에게 어떤 악감정도 없고 그가 어떤 길을 택했는지도 내가 알 바 아니다. 나는 사람들이 누구나 자기 삶에서 옳다고 느끼는 것을 해야 한다고 믿으며, 마음에 들지 않는 일을 이 악물고 버티는 것은 올바른 삶의 방식이 아니라고 생각한다. 그런데 그는 누가 봐도 할리우드에서 당한 차별에 화가 나 있었고, 그 화를 애꿏은 학생들에게 풀었다. 그는 내가 아시아인이라서 절대 할리우드에서 성공하지 못할 거라고 못을 박았다.

예전부터 나는 피부색에 대해 멍청하리만치 자각이 없었다. 언젠가 학교에서 친구랑 크리스마스 연극 공동연출을 맡았는데, 가족으로 섭외한 등장인물이 엄마는 백인, 아빠는 흑인, 두 자녀는 각각 아시아인과 멕시코인이었다. 공연을 마친 뒤에도 누가 그걸 지적하기 전까지는 이상한 점을 눈치채지 못했다.

한번은 학교에서 '안네의 일기'를 연극으로 만든다기에 오디션에 참가했다. 연극부 선생님이 나를 보고 "넌 여기 왜 있니?"라고 물어서 나는 주인공 안네 프랑크 역에 지원했다고 대답했다. 거의 반년 정도가 지나서야 그 질문의 의미를 깨달았다. 그러니까 왜, 내가, 아시아인이, 유대인 소녀 역에 도전하느냐는 뜻이었다.

그런데 잠깐, 나야 순진해 빠져서 그 오디션에 도전했다고 치자. 근데 일개 학생인 나도 인종에 구애받지 않고 배우를 섭외할 수 있었는데 연극부 선생님은 왜 못 하는가? 기껏해야 고등학교 연극인데! 어차피 **눈 가리고 아웅이잖아!** 내가 스파이스 걸스[21]의 빅토리아 흉내를 낼 수 있다면 안네 프랑크 흉내도 낼 수 있는 거 아니야?

내가 알기로 연기란 곧 흉내 내기였다. 흉내를 낼 수 있다면 누구든 될 수 있었다! 내가 흑인이나 백인 역을 왜 못 해? 반대로, 흑인이나 백인이 내 역을 왜 못 해? 외계인 역도

---

21 1990년대 후반 인기의 정점을 찍은 영국의 5인조 걸그룹으로, 전 세계 아이돌 걸그룹 계의 조상 격인 그룹이다. 멜라니 B, 멜라니 C, 엠마 번튼, 제리 할리웰, 빅토리아 베컴으로 구성되었다.

인간이 연기하는데? 외모랑 관계없이 그 역할을 제일 잘하는 사람을 뽑으면 되는 거 아니야? 나는 이해가 안 갔다.

어느덧 몇 년이 흘러 나는 구독자를 백만 명 이상 거느린 유튜버가 되었고 한두 편의 영화와 드라마 출연 경험이 이력에 추가되었다. 그리고 드디어 한 영화의 주연을 맡을 참이었다. 그 영화는 〈번복^{Repeat}〉이라는 가제로 부르겠다. 나는 정식으로 오디션을 보고 몇 차례의 추가 오디션 및 제작사 수장들과의 면담을 거쳐, 짜잔! 멋지게 그 역할을 따냈다. 첫 주연이라니, 내게는 엄청난 도약이었다! 그동안은 조연으로 주인공의 절친이나 동료 역할만 했다. 내 창작물 외에 내가 주인공을 맡은 작품은 처음이었다. 나는 이 소식을 가족, 친구들, 함께 일하는 사람들 모두에게 방방곡곡 알렸다. "드디어 따냈어! 주연 자리!" 마지막 미팅이 끝나고 집으로 향하는 차 안에서 나는 끓어오르는 흥분을 주체하지 못하고 목청껏 노래를 불렀다.

일주일 뒤, 나는 제작 중이던 단편 영화 촬영장에서 매니저의 전화를 받았다. 〈번복〉 제작사 측에서 계약 서류를 보내왔는데, 이제 와서 내게 주인공의 절친 역을 맡기고 싶다는 것이었다.

아니, 잠깐만.

뭐라고?

왜?

매니저도 모르겠다고 했다. 갑자기 그렇게 되었다는

것이었다. 미팅이 잘 안 풀렸다면 모를까, 단언컨대 일말의 조짐도 없었다. 분명 그쪽도 나와 함께 일하게 되어 무척 기쁘다고 했다. 배역에 대해 심도 있는 대화를 나누며 서로 영화와 캐릭터에 대한 애정을 드러냈다. 다들 영화 만들 생각에 들떠 기분 좋게 악수한 뒤 헤어졌다.

결국 내가 물었다. 아주 나직하고 조심스럽게. "내가 아시아인이라서?"

매니저는 잠시 말이 없었다. 그러고는 착잡한 어조로 대답했다. "솔직히…… 나도 그런 것 같아. 그게 아니라면 뭐겠어?"

매니저는 자초지종을 알아보고 다시 연락해 주겠다고 했다. 전화를 끊고 나는 울었다. 나는 오디션을 볼 때도 아시아인이었다. 추가 오디션 연락을 받아서 갔을 때도, 회의실에 마주 앉아 미팅할 때도, 악수하고 나올 때도 아시아인이었다. 나는 지금도 아시아인이고 앞으로도 아시아인일 것이다.

왜 나한테 그 역할을 줬다가 뺏어? 정말 피부색이라는 단순한 이유야?

나는 매니저와 상의 끝에 절친 역을 고사하기로 했다. 〈번복〉 팀은 다시 한번 요청해왔다. 이미 다른 배우를 주연으로 캐스팅한 뒤였다. 이해는 했다. 주연 배우는 역시 백인이긴 했지만 나보다 인지도도 높고 경력도 많은 배우였다. 상업영화를 제작하는 입장에서 인지도가 조금이라도 더 높은 배우를 쓰고 싶어 한다는 논리에 반박할 수는 없었다. 그렇다 해도 막상 내게 먼저 왔던 배역이 백인 배우에게 가니 속이 쓰렸다.

결국 잇따른 협상과 (내가 무척 좋아하고 꼭 함께 일하고 싶었던) 감독과의 긴 상의 끝에, 나는 절친 역을 맡기로 했다. 그런데 촬영 개시 2주 전에 갑자기 주연 배우가 발을 뺐다. 제작은 어그러졌다. 감독은 프로젝트를 살리기 위해 다시 나에게 주연 배역을 제안했다. 애초에 나한테 줬던 역할이었으니까. 하지만 미끄러진 프로젝트로 제작사가 이미 신뢰를 잃어 그 작품은 그대로 무산되었다.

이 모든 상황을 겪고 나니 두려워졌다. 그전까지 나는 재능에 따라 역할이 주어지는 줄 알았다. 내가 오디션을 본 배역에 백인 연기자가 최종 낙점되면 그저 나보다 잘했으려니, 따낼 만해서 따냈겠거니 하고 넘겼다. 인물 묘사에 아시아인이라고 적혀있어서 오디션을 봤는데 그 역할마저 백인 배우에게 갔을 때도 '캐릭터를 끝내주게 잘 살렸나 보다', '배역을 제 옷처럼 소화했나 보네'하고 생각했다.

나도 직접 섭외를 해봐서 안다. 캐스팅이란 배역을 찰떡같이 소화하거나 배역에 꼭 부합하는 외모를 지닌 인물을 발탁하는 일이다. 나는 캐스팅 디렉터와 제작자들의 안목을 믿고 싶었다. 설마 순전히 인종 때문에 탈락시키겠어?

내가 말하고자 하는 바를 오해하지 않았으면 좋겠다.

허수아비 배역은 안 하느니만 못하다. 과하게 농염한 아시아인 역과 괴짜 절친 역은 원치 않아도 수두룩하다.

하지만 연예계에 종사하는 비백인이라면 누구나 자문하는 때가 온다. '내 피부색이 내 커리어를 가로막고 있지 않은가?'

물론 애초에 내가 맡을 수 없는 역할도 있다. 이를테면 배경이 빅토리아 시대인 작품에는 내가 결코 출연할 수 없다.[22] 쳇, 나도 페티코트 속치마 입어보고 싶은데. 빅토리아 시대물에 등장하는 아시아인 혹시 본 적 있는가? 없겠지. 만약 아시아인이 그런 영화에 캐스팅된다면 배역은 하인이나 철도 노동자, 아니면 성 노리개나 우편 주문 신부^{mail-order bride} [23] 따위일 것이다.

나는 이제 영화나 드라마를 볼 때 출연진 가운데 비백인이 있는지부터 살피게 된다. 그리고 그 배우가 정형화된 이차원적 캐릭터로 나오면 분하고 **빡친다.**

제니퍼 로렌스나 에이미 슈머나 에이미 폴러가 출연하는 작품을 보고 의기소침해지다가…… 가슴이 살짝 욱신거린다. 아시아인은 어디 있어? 인도인은? 남미인은? 왜 이 세상

---

22 그 사이 넷플릭스 드라마 〈브리저튼〉이라는 좋은 사례가 탄생했다. 물론 여전히 주요 배역에 아시아계 배우의 얼굴을 만나기란 어렵지만 그럼에도 비교적 다채로운 인종 구성과 그보다 더 파격적인 이야기로 흥행하여 시즌2 제작이 확정되었으니, 애나가 빅토리아 시대 인물로 등장할 작품도 어쩌면 아주 먼 미래의 일이 아닐지 모른다.

23 서신 왕래로 신부를 사는 과거의 중매 구습. 지금도 국제결혼 중개 업체에서 비슷한 일을 한다.

걸크러시들은 죄다 백인이야?

가끔은 정말로, 간절히, 백인이 되고 싶어서 울기도 한다. 영화 〈룸〉의 브리 라슨이나 〈윈터스 본〉의 제니퍼 로렌스처럼 입체적이고 섬세한 역할은 죽을 때까지 맡지 못하리란 예감에 사로잡힌다. 소설을 읽더라도 인종이 딱히 명시되지 않거나 이름이 특정 인종을 암시하지 않는 인물이면 나부터도 자연스레 백인을 떠올린다는 점이 서글프다. 내 어린 시절의 롤모델이 루시 리우와 뮬란뿐이라는 사실에 울적해진다. 둘 다 연기가 아니라 무술 실력 때문에 뜨지 않았는가.

나는 내 생김새가 내가 하고 싶은 일을 제한하거나 방해할 수도 있다는 지독히 현실적인 가능성을 마주할 수밖에 없었다. 욕 나오게 끔찍한 기분이었다. 그 느낌은 온전한 정신을 갉아먹었다. 피부색이라는 형태로 존재하는 유리 천장 혹은 장애물, 혹은 **장벽**이 내 안을 형언할 수 없는 분노로 채워서 어쩔 줄 몰랐다.

그런가 하면 내 인종 **때문에** 출연을 고사했던 적도 있다. 언젠가 어떤 드라마 에피소드 한 편에 출연하기로 했다가 내 쪽에서 거절한 일이 있다. 그 일로 내 에이전트는 잔뜩 뿔이 났다. 에이전시 입장에서야 인맥 유지가 생명이니 그럴 만했다. 하지만 나는 도저히 할 수가 없었다.

그 오디션을 본 건 뉴욕에 있을 때였다. 오디션 참가를 결정하기 전에 미리 자료를 읽어봤어야 했는데, 내

에이전트가 그 드라마를 너무 좋아했고 나도 그 사람의 판단을 믿었다. 물론 함께 일한 지 얼마 안 되었을 때였고 내 원칙을 그 사람에게 미리 일러주지 않은 점은 명백히 내 실수다. 나는 아빠에게 보여줄 수 없는 작품은 하지 않는다. 그게 나의 규칙이다. 오해는 말라. 크리스 프랫과의 베드신 같은 거라면 얼마든지 환영이다. 오히려 아빠 쪽이 극장 밖으로 뛰쳐나갈지 몰라도 나는 자랑스럽게 외칠 것이다. "아빠! 저 사람이 크리스 프랫이야, 끝내주지?" 영화를 계속 볼지 말지는 아빠가 선택할 일이다.

오디션장에 가면서 대사를 읽어보는데 소름이 끼쳤다. 내가 연기할 배역은 판에 박힌 듯이 성적으로 대상화된 일본 여자였다. 첫 번째 신에서 내가 할 연기는 웬 놈이랑 붙어먹는 게 다였다. 두 번째는 내가 손으로 해주는 신이었다. 화면 밖이긴 했지만 충분히 노골적이었다. 읽자마자 거부감이 들었지만 발길을 돌리기에는 이미 늦은 상황이었다. 게다가, 나는 오디션을 워낙 좋아한다. 별로 간절하지 않은 배역이면 더 좋다. 원래 그런 오디션이 제일 재밌는 법이다. 간절하지 않으면 긴장이 풀려 최상의 연기를 펼칠 수 있기 때문이다. 그럴 땐 완벽한 모습을 보여주려 애쓸 필요 없이, 그냥 내 안에서 마법처럼 절로 우러나온다. 다만 덜컥 붙을 수도 있으니 위험하다면 위험하기도 하다.

나는 오디션장에 들어가 연기를 펼쳤다. 대박이었다. 알 게 뭐야, 하고 일부러 동작도 크고 우스꽝스럽게 했더니 능청스럽게 웃긴 모습이 나왔다. 캐스팅 디렉터와 관계자는 너무 좋아했다. 그들은 즉흥적으로 내게 일본인 억양을 내줄 수 있냐고 물었다. 캐릭터에 필요할지도 모른다면서. 또 시작이군, 하고 생각했다. 바다 건너 일본에서 4년간 공립학교에 다닌 덕에 일본어 억양은 내 주특기였다. 그라운들링스 극단[24]에서 임프라브을 배울 때 내가 창조해 낸 캐릭터 가운데 하나는 성실하고 열정 넘치는 외국인 교환학생 미치코였다. 미치코는 관객의 분위기 메이커였다.

아지즈 안사리[Aziz Ansari 25] 같은 배우는 인도식 억양을 요구하는 배역은 일부러 거른다고 한다. 좋다. 그의 소신 있는 행보를 존중한다. 왜 그냥 미국인이면 안 돼? 왜 꼭 억양이 필요해? 그렇게 말하지 않아도 잘만 들리는데? 드라마에 나오는 억양으로 떡칠한 캐릭터는 인물이 아니다. 고정관념이자 만화적 요소다.

하지만 태도의 문제라면 난 조금 다르게 본다. 더 낮다는 게 아니라 조금 다르게. 다른 사람들이 편견을 가질까 봐 굳이 나를 이루는 중요한 부분을 애써 감출 필요가 있나? 억양이 나를 무식하거나 멍청하게 만드나? 그렇지 않다. 그 억양을 **이용해** 무식하고 멍청하게 연기하는 것, 그 억양 **자체로** 웃기려고 하는 짓이 불편한 것이다. 억양이 독특한

---

24 LA의 유명 코미디 극장. 안젤라 매킨지, 리사 쿠드로, 멜리사 매카시, 마야 루돌프, 크리스틴 위그 등이 이곳 출신이다.
25 인도계 미국 배우이자 코미디언이다.

캐릭터는…… 그냥 캐릭터의 억양이 독특한 것이다. 억양은 캐릭터의 의상 같은 것이다. 억양은 인물을 강조해야지 인물 자체가 되어서는 안 된다.

나는 일부러 인종 농담을 하지 않는다는 코미디언을 여럿 봤다. 어떤 코미디언들은 이렇게 말한다. "난 내 인종을 웃음거리 삼지 않아. 그런 농담은 저열하니까. 자기 정체성을 스스로 깎아내리는 코미디언은 되고 싶지 않아."

나는 인종 농담을 좋아한다. 인종 농담을 세련되게 하는 건 괜찮다고 생각한다. 나도 늘 홈런을 치지는 못하지만, 인종 농담도 썸, 연애, 섹스, 우정, 가족에 대한 농담과 **다를 바** 없다. 시시하거나 빵 터지거나 둘 중 하나다.

하던 얘기로 돌아가서, 내 일본어 억양은 **끝내줬다.** 누군가가 색다른 억양을 요구할 때마다 내가 꺼내 드는 카드가 미치코다. 내가 억양을 이용해 꾸며낼 수 있는 인물이자, 자신감 넘치고, 재밌고, 매력 있는 캐릭터다. 그 특유의 깨발랄함으로 종종 유튜브 영상 말미에 스폰서 메시지를 전하기도 한다.

그래서 그 억양으로 대사를 쳤다. 일도 아니었다. 나는 그 오디션에서 손재주가 특출난 관능적인 일본인 바텐더를 연기했고 미치코 최고의 버전으로 소화해냈다.

나는 배역을 따냈다. 왜 아니었겠는가.

그제야 스크립트를 전부 읽어봤다. 그 에피소드에서 그 배역이 나오는 장면은 두 신이 더 있었다. 손으로 해주는 장면 뒤에 재등장해서는 화면 아래에서 입으로 해주는 신이 있었다. 말뚝 세우기! 와우. 거기까지 갈 줄은 몰랐는데. 마지막 신에서는 그 머저리의 집에 나타나 살림을 합치자고 요구한다. 왜냐고? 만난 지 하루밖에 안 된 남자에게 섹스 여신의 의무를 다했으니 이제 서로 사랑에 빠진 줄 아는 '미친년'을 완성해야 하기 때문이다.

나는 그 배역을 거절했다.

에이전트는 실망을 감추지 않았다. 그 드라마를 워낙 좋아했고 캐스팅 담당 측과 원만한 관계를 유지하고 싶었을 테니까. 하지만 내 결정에 미련은 없었다. 만약 수락했다면 촬영도 즐겁고 배역도 재밌게 잘 소화했을 것이다. 하지만 내가 그간 소리 높여 비판했던 고정관념을 자진해서 이어가자니 양심이 허락하지 않았다. 진심을 속여가면서까지 그 일을 하고 싶지 않았다.

물론 소신과 충돌하는 일을 해야 할 때도 있다. 내가 처음 영화에 출연했던 장면도 인종 차별주의자에게 운전을 배우는 장면이었다. 영화 자체가 끔찍한 인종 차별 농담으로 가득했고, 해로운 고정관념을 굳히고 있었다. 하지만 나는 오디션에 통과해 그 배역을 맡았고 그 일로 한 달 치 집세를 냈다. 지금도 그 일을 후회하지 않는다. 지금이야 선택의 폭이 넓어져서 좀 더 고민할 수 있지만, 그렇지 않은 사람들도 숱하게 많고, 나도 충분히 이해한다.

내 피부색이 내 커리어에 영향을 미치는가? 물론이다.

이제는 나도 아니라고 할 수 없다. 〈알로하〉의 엠마 스톤, 〈공각기동대〉의 스칼렛 요한슨, 〈닥터 스트레인지〉의 틸다 스윈튼 등 비백인 캐릭터를 백인 배우로 탈색하는 일(화이트워싱)도 시사하는 바가 크다. 하지만 그러한 관행은 더 많은 아시아계 미국인들이 예술 분야에서 꿈을 펼치도록 격려하고픈 내 욕구에 오히려 불을 지핀다. 내 작업에서만이라도 의도적으로 선택의 폭을 넓히고, 내가 속한 공동체를 지지하는 주체가 되고 싶다.

나는 내가 아시아계 미국인 여성이라는 점이 자랑스럽다. 피부색은 나를 이루는 크나큰 요소다. 내 뿌리에서 비롯된 관점, 가치관, 직업윤리 같은 것들 없이는 나도 내가 누구인지 알 수 없을 것이다.

그래서 오늘도 다짐한다. 피부색 **탓**이 아니라 그 **덕분에** 성공하겠다고.

내 기준의 아름다움이라면, 얼마든지 추구해도 좋다

어릴 때 선머슴이었던 나는 화장하는 데 거부감이 심했다. 메이크업도 연기자가 되고 나서야 배우기 시작했으니 한참 늦었다고 할 수 있다. 그 분야의 학습 곡선은 매우 가팔랐다. 화장품의 수많은 종류와 화장 단계에 기가 빨렸다. 온갖 메이크업 튜토리얼을 찾아보고 제품을 사들이고 설명서를 따랐는데도 한참이나 내 얼굴에 맞지도 않는 색조의 파운데이션을 쓰고 있었다. 끊임없는 연구 끝에 눈꼬리를 올려 빼는 법을 마스터하는 데만 6년이 걸렸다. 그래서 사진마다 캣츠아이 일색이다. 내 시그니처 룩이라고 내세우지만 실은 할 줄 아는 눈화장이 그것뿐이다.

LA에 살다 보면 지상 최고의 미인들이 주변에 지천이다. 쭉쭉빵빵한 열여덟 살 미녀들에 둘러싸여 일해 본 적도 있다. 나는 그저 그들의 완벽한 얼굴을 보며 사춘기의 신에게 왜 나만 이차 성징을 건너뛰었냐고 따질 뿐이다. 이십 대 후반인 나는 지금도 드라마에서 가슴이 납작한 십 대 역을 맡는데 말이지. 그래서 괜히 연예인 가십 사이트를 몇 시간씩 돌아다니며 스타들의 성형 전후 사진들을 찾아보기도 했다. 날 때부터 완벽한 사람은 없다며 자위하려고.

나는 내 외모에 의기소침해지곤 했다. 주연급 여자 배우들을 보며 그들의 털끝 하나도 닮지 못하리란 사실을 절감하곤 했다. 연예인의 인스타그램 계정을 드나들며 그들의 스타일과 화장법을 따라하려고 애썼다. 하지만 그럴수록 기분만 잡쳤다. 나답지 않아서였다. 누군가의 모조품이 되어버린 느낌이었다.

예뻐져야 한다는 압박은 심하다. 연예계를 떠나서 여자라면 누구나 느끼는 압박감이다. 예뻐야 하지만, 예뻐 보이려고 애쓴 티가 나면 안 된다. 자기 미모에 심취해도 콧대가 높거나 깊이가 없어 보인다. 뭘 해도 답이 없다.

화장은 늘 너무 진하거나 너무 옅고, 패션은 늘 너무 과하거나 아예 신경도 안 쓴 것이다.

내가 나온 영상을 직접 편집하고, 내가 나온 드라마나 영화, 스탠드업 공연 출연분을 모니터하는 사람으로서 솔직히 말하자면, 나는 내 얼굴의 결점을 속속들이 꿰고 있다. 나는 약간 들창코에 콧구멍이 짝짝이다. 왼쪽보다 오른쪽 얼굴선이 굵고, 웃으면 더욱 비대칭이 된다. 윗입술은 근육이 이유 없이 강해서 웃을 때 꼭 안쪽으로 말린다. 양 눈썹은 먼 친척처럼 서로 서먹서먹하다. 졸려 보이지 않으려면 카메라를 의식적으로 노려봐야 한다(카메라 감독이나 홍보 담당자한테 종종 듣는 피드백이다).

하지만 나는 내 장점들도 잘 안다. 나는 피부가 좋고, 광대뼈가 높아서 메이크업 아티스트들이 칭찬하는 얼굴형이다. 그래서 머리 기장이 길든 짧든, 가르마를 어느 방향으로 타든, 앞머리가 있든 없든 실패할 일이 없다.

2014년에 유튜브에 〈얼굴에 잘 바르는 법How To Put On Your Face〉이라는 영상을 올린 적이 있다. 내면의 아름다움에 초점을 맞춘 풍자식 메이크업 튜토리얼이라 할 수 있다. 영상에서 나는 아이섀도를 바르면서 세상을 긍정적으로 바라보는 시선을, 립스틱을 바르면서 다정한 말의 힘을 시청자들에게 상기시켰다. 꽤 오래 품고 있던 소재였지만 속으로는 너무 시시하지 않을까 계속 망설였다. 그러다가 외모 고민으로 일주일 내내 침울했던 시기에 그냥 해보기로 했다. 나는 내면이 외모만큼 중요하다는 사실을 강조하고 싶었고, 소신을 지키기에는 영상 제작이 가장 좋은 방법이었다. 스스로 설파했던 내용을 거스르기는 쉽지 않으니까. 위선자가 되기는 싫었다. 내가 제시한 본보기를 나부터 따르고 싶었다.

〈얼굴에 잘 바르는 법〉은 유명세를 탔다. 블로그 뉴스 《허핑턴포스트》와 바이럴 영상 사이트 《업워디》에 게재되었고 거의 4백만 뷰를 기록했다. 내가 올린 영상 가운데 지금까지 조회 수가 가장 높은 영상이다.[26] 영상의 메시지가 나처럼 자기 얼굴을 싫어하느라 지친 여자들에게 가닿은 것이다. 사회는 여자들에게 외모에 큰 가치를 두라고 가르친다. 여자아이들에게도 귀엽거나 예쁘다고 하지, 재밌고 똑똑하다는 말은 잘 안 한다. 예뻐서 누리는 특혜는 실재한다. 나도 레스토랑에서 아르바이트할 때 한껏 신경 써서 치장한 날은 평상시보다 팁을 두 배나 많이 받았다. 예쁘고 잘생긴 사람들은 더 많은 관심, 더 많은 용서, 더 많은 칭찬, 하여간 뭐든 더 많이 받는다. 온 세상이 여자의 외모를 평가하니 자기 외모에 깐깐해지는 것도 당연하다.

몇 년 전, 유명 뷰튜버 미셸 판^Michelle Phan이 턱에 보형물을 넣었는지 아닌지로 온라인상에서 대대적인 논란이

---

26 2020년 12월 기준 가장 높은 누적 조회 수는 약 1,108만 회로, 2018년 3월에 게재한 〈3 Things I Wish I Knew Before Having Sex(내가 섹스하기 전에 알았으면 좋았을 세 가지)〉가 기록했다.

일었다. 사진을 보니 분명 뭔가 하긴 했다. 일부 팬들은 그 변화에 거부감을 드러내며 미셸을 질타했지만, 내 눈에는 좋아보이기만 했다. 미셸은 오래전부터 턱에 콤플렉스가 있었고(본인 피셜) 은근히 스트레스를 받아왔던 모양이다. 하지만 당사자의 의사와 상관없이 대중은 유명인의 외모를 마음껏 평가해도 된다고 생각한다.

여자들은 수시로 얼굴과 몸매 지적을 받는다. 누구나 계속 지적을 받다 보면 부정적인 영향을 받기 마련이다. 특히 스스로 그 지적에 동의한다면.

성형 수술을 했다고 미셸(을 비롯한 다른 여자들)에게 쏟아지는 질타와 〈얼굴에 잘 바르는 법〉에 쏟아지는 관심을 동시에 의식하려니, 내 안에도 갈등이 생겼다. 한편으로는 궁금했다. 나는 카일리 제너가 대세로 등극하기 전부터 입술 필러를 고민하고 있었다. 웃을 때마다 윗입술이 입안으로 말려드는 모양새가 싫었다. 다른 사람들은 잘 눈치채지 못하지만 내게는 불편한 부분이었다. 입을 벌려 웃거나 미소 지을 때마다 신경이 쓰였다. 카메라 앞에 설 때마다 자연스러워 보이려고 애쓰니 오히려 더 어색하고 억지스러웠다.

그러다 결국 에라 모르겠다, 하고 질러버렸다. 성형 시술을 향한 편견이 만연했지만, 내 결정이 부끄럽지는 않았다. **나를 위한** 결정이었으니까. 결과는 매우 만족스러웠다. 변화가 워낙 미미해서 물어본 사람도 극소수에 지나지 않았고 가족과 친구들이 보기에도 티가 안 난다고 했지만, 확실히 웃을 때 잇몸이 반만 보였다. 내게는 그만하면 대성공이었다. 웃을 때마다 손으로 입을 가리거나 입술을 내리려고 애쓰지 않아도 되었다. 입 주위 근육을 강화하기 위해 수시로 안면 운동을 할 필요도 없었다. 속이 시원했다.

무엇보다, 예뻐진 것 같아서 좋았다. 떳떳하지 못할 이유도 없었다. **내 기준**의 아름다움이라면, 얼마든지 추구해도 좋다. 내 모습이 만족스러워야 뭐든 잘 해낼 수 있는 **기분**이 드니까.

분명히 해두고 싶은데, 나는 입술 필러나 성형 시술을 옹호하는 게 아니다. 자신 없는 부위를 일일이 고치라는 말도 아니다. 나 역시 꽤 오래 고민했다. 이 시술을 하는 데 충분한 이유가 있는지, 돈을 들일 만한 가치가 있는지(좀 더 자연스러운 미소의 대가치고는 비쌌다). 어쨌든 나는 같은 이유로 치아 교정을 했고, 같은 이유로 매일 로션을 바른다. 나를 가꾸는 이유는 내가 지닌 역량을 최대로 끌어내기 위해서다. 내면과 **더불어** 외면도. 그래서 필러를 또 하겠냐고? 글쎄. 내게 500달러라는 시술비는 살짝 더 나은 미소를 위해 투자하기에는 과한 액수다. 하지만 시도를 했다는 점에서 만족한다. 내 만족을 위해 아깝지 않은 비용였다.

외모에 관해 내가 들어본 최고의 조언은 바로 '너의 장점을 부각하고 약점을 보완하라'다. 미를 추구한다는 것은 연예인이나 런웨이 모델처럼 보이려 애쓰는 것이 아니다. 맹목적으로 유행을 따르는 것도 아니다. 자기 만족과 자신감을 위한 수단으로 아름다움을 추구한다면 문제될 게 아무것도 없다. 어차피 사람들은 우리가 성형 수술을 했든 안 했든, 마르든 뚱뚱하든, 화장이 짙든 어떻든 우리를 평가할 것이다. 그보다는 나에게 뭐가 중요한지 파악하고 남보다는 내 만족을 위해 선택해야 한다.

아름다움은 보는 사람의 눈에 달려 있다. 그중에 내 눈이 제일 우선이다.

감정의 문제는 육체적으로 해결할 수 없다

나는 일생의 대부분을 말라깽이로 살아왔다. 웨이트 트레이닝과 플라잉요가로 근육이 붙기 전까지 가족과 친구들은 내게 섭식 장애가 있냐고 걱정스럽게 묻곤 했다. 햄버거 좀 먹어라, 뼈밖에 없다, 움켜질 데가 있어야 남자들이 좋아한다 등등 별소리를 다 들었다. 인정하기까지 오랜 시간이 걸렸지만, 사실 나는 그간 음식과 원만한 관계를 맺지 못했다. 딱히 사람들이 짐작하는 원인 때문은 아니었다.

나는 폭식을 했다. 배가 아플 때까지 먹었고, 딱히 배고프지 않아도 먹었다. 눈앞에 음식이 있으면 때를 가리지 않고 먹었다. 가방 안에는 늘 간식거리를 싸들고 다녔고 다른 사람이 남긴 음식도 싸갔다. 엄마와 장을 보면 좋아하는 먹거리를 잔뜩 사서 집에 오자마자 내 방에 쌓아놓고 먹곤 했다.

나는 음식을 먹는 감각 자체가 너무 좋았다. 음식의 맛과 내 위장을 (지나치게) 채우는 포만감을 사랑했다. 그 근원은 모르겠다. 부모님이 항상 음식을 남기지 말라고 가르쳐서일 수도 있고 어쩌면 어릴 때 다녀온 ROTC 연수 훈련 때문인지도 모른다. 매일 육체적으로 혹사당한 후 식판에 얼굴을 처박고 15분 이내에 밥을 흡입해야 했으니까. 아니면 그저 단순히 음식이 좋아서였는지도 모르겠다. 먹기 위해 산다고 해도 무리가 아니었다. 아침마다 오늘은 뭐 먹을까 기대하면서 눈을 뜨는 게 일상이었다.

십 대 후반에 음식과 나의 관계는 극도로 불건전했다. 돈도 없으면서 혼자 고급 레스토랑에 가서 300달러짜리 밥을 먹고 신용 카드를 긁었다. **맛없는 걸 먹기에 인생은 너무 짧아. 먹는 데만큼은 아끼지 말아야지! 다 먹고 살자고 하는 짓인데,** 하고 합리화했다. 그러다가 주머니 사정이 여의치 않게 되자 코스트코 맥 앤드 치즈와 감자 칩, 정크푸드를 탐닉했다.

한때 초밥 레스토랑에서 일한 적이 있다. 주방장과는 일본어로, 주방 보조와는 스페인어로 소통할 수 있어서 모두가 날 좋아했다. 그 총애를 등에 업은 나는 가끔 특정 메뉴가 먹고 싶다고 넌지시 말했고 주방 식구들은 기꺼이 팔을 걷어붙였다. 나는 일하면서도 누룽지 롤이나 구운

연어 롤을 볼이 미어져라 욱여넣었다. 근무 시간이 끝나면 2~3인분의 음식을 포장해 집에 가서 흡입했다. 그럼 곧 저녁때가 되었고, 나가서 또 새로운 식당을 뚫었다.

나는 내 폭식 습관을 오랫동안 인정하지 않았다. 뚱뚱하지 않으니까 섭식 장애는 아니지 않나? 토하는 일도 거의 없는데. 물론 너무 많이 먹은 탓에 배가 아파서 몸을 웅크린 채 소화가 될 때까지 기다린 적은 종종 있었다. 하지만 그만한 고통이나 수치심은 별일도 아니잖아?

내 절친이 나만큼 많이 먹는다는 점도 한몫했다. 나는 우리 둘 다 뱃속에 기생충이 들었을 거라고 농담하곤 했다. 우리 둘은 먹는 걸 **너무** 좋아했고 **먹어도 먹어도** 지치지 않았다. 나는 가냘픈 아시아인 여자애 둘이 이렇게나 많이 먹을 수 있다는 사실을 낭만적으로 미화시켰다. 언젠가 '많이 먹기 대회' 결승전에서 맞붙어 실력을 겨루는 상상을 하기도 했다. 평소에도 밥그릇을 다 비우고 나서 옆 사람 그릇에 남은 음식을 가리키며 '그거 다 드신 건가요?'하고 물을 때 받는 경탄의 눈빛에 희열을 느꼈다. 묘하게 뿌듯했다.

그러다가 위장이 말썽을 일으키기 시작했다. 불시에 복부를 날카롭게 찌르는 고통이 밀려 들어와 한 시간가량 꼼짝도 할 수 없었다. 처음에는 일주일에 한 번 간격으로, 그러다 어느새 이틀에 한 번꼴로 같은 증상이 찾아왔다. 그때만 해도 건강 보험이 없어서 내가 찾아갈 수 있는 의사는 인터넷밖에 없었다. 온라인상의 조언에 따라 생강차를 마시거나 레몬즙에 고춧가루를 타 마셨지만 증상은 악화될 뿐이었다.

더구나 재정 상태가 건잡을 수 없이 나빠졌다. 외식에 돈을 물 쓰듯 쓰다보니 가진 신용 카드는 대부분 한도 초과였다. 집세가 밀릴 지경이었는데도 기어코 식비를 줄이지 않았다. 고민할 것까지도 없었다. 나는 당장 내일 죽을지도 모른다. 이게 내 마지막 식사가 될 수도 있다. 그런데 어떻게 아무거나 먹겠는가?

그러다가 어떤 계기로 조슈아트리 국립 공원에서 일주일간 진행하는 묵언 명상 수련회에 참가하게 되었다. 원래는 당시 남자친구가 내게도 유익한 경험이 될 거라며 함께 하자고 꼬드긴 일이었다. 그런데 가기 직전에 남자친구가 발을 뺐다. 나는 참가비를 이미 낸 상태였기에(기부금 수준이었지만, 그래도) 혼자 가기로 했다.

수련회에서 제공하는 식단은 일주일 내내 채식이었다. 나는 매일 식사 시간만 기다렸다. '명상하며 걷기' 시간에 몰래 빠져나와 먹을 게 없나 구내식당을 기웃거렸다. 사과, 바나나, 아몬드 버터 등 허기를 달래기엔 빈약한 것들뿐이었다.

단식원이 아니니 참가자를 굶기지는 않았지만, 나는 계속 허기가 졌다. 늘 목 끝까지 꾸역꾸역 밀어 넣던 습관 탓에 자꾸 허전하고 텅 빈 느낌이었다. 점심시간 10분 전에 가장 먼저 배식받으려고 식당으로 서둘러 **뛰어가기도** 했다.

허겁지겁 먹어 치우고는 입 싹 닦고 다시 배식 줄에 섰다. 그렇게 연달아 세 번을 먹은 적도 있다. 수련 기간 내내 음식만이 나의 구원이었다. 언제나 그랬듯이.

참가자들끼리는 수행 내내 대화를 할 수 없었다. 그 대신 강사들이 돌아가며 강의를 했다. 5일째 되던 날의 강의 주제는 음식에 관한 것이었다. 나는 살짝 놀랐다. 그전까지는 좀 더 깊이 있는 주제들이었으니까. 어떤 강사는 과거의 약물중독을 고백하며 명상으로 자신을 재발견한 경험을 나누었고, 어떤 강사는 어릴 때 트라우마가 삶을 바라보는 방식을 어떻게 바꾸는지를 설파했다. 특히 죽음의 문턱까지 갔던 한 강사의 사연은 구구절절 내 마음에 와닿았다.

그런데 뜬금없이 먹는 얘기라니? 내 감동 물어내.

하지만 강사의 이야기를 들으면 들을수록 마치 나에게 하는 말 같아 슬슬 식은땀이 났다. 그는 과거에 폭식증을 앓았는데, 평생 마른 체형으로 살아와서 한 번도 그 문제를 심각하게 여기지 않았다고 했다. 눈 뜨자마자 먹을 것을 찾았고, 자괴감과 신체적 고통에 몸부림칠 때까지 먹어야 직성이 풀렸다. 그가 묘사하는 인물은 딱 나였다. 완전히 내 얘기였다. 겉으로 표가 나지 않기에 결코 인정하지 않으려 했던 문제였다. 마른 사람이 좀 많이 먹는다고 누가 뭐라고 하겠어?

나는 강사의 이야기를 주의 깊게 끝까지 들었다. 그는 우리에게 다음 식사 때는 의식을 하면서 먹어보라고 권했다. 음식을 흡입하는 대신 한 입씩 음미하면서 천천히 씹어보라고 했다. 씹는 동안에는 코로 숨을 쉬면서 우리에게 먹을 양식이 주어졌음에 감사하는 마음을 느껴보라고 했다. 그리고 속이 든든해졌다 싶을 때 숟가락을 놓으라고 했다. 배가 부를 때 멈추기, 이 부분이 가장 어렵다고 했다.

점심시간이 되어 해산했을 때, 나는 평소처럼 맨 앞줄에 서기 위해 파워워킹을 하는 대신 충분히 시간을 들여보기로 했다. 자칫 식판에 음식을 가득 쌓을 뻔했지만, 꾹 참고 내 체구에 적당한 양으로 덜어냈다. 나는 자리에 앉아 음식을 조금씩 입에 넣은 후 제대로 씹고 나서 삼켰다. 중간중간 물을 마시고 호흡하는 것도 잊지 않았다. 천천히 먹는 데 집중했다.

다 먹고 나서는 포만감이 들기를 기다렸다. 든든하긴 한데 익숙한 포만감에는 한참 모자랐다. 나는 배식 줄을 힐끔 보았다. 아직 스무 명 정도가 배식 중이었다. 리필 할까 말까. 반만, 아니, 반의반이라도. 한 끼를 새로 더 먹겠다는 것도 아니고 배도 아직 안 부르잖아?

그때 깨달았다. 나 정말 문제 있구나. 당장 돌아가서 더 많은 음식을 받아오지 않으면 못 견딜 것 같았다. 마약처럼 음식에 중독된 것이다. 스스로 제어가 안 됐다. 이는 겉으로 드러나지도 않는 문제였다. 티가 나지 않으니 지적하는 사람도 없었다. 음식을 먹을 때 내 감정이 어떤지, 폭식하고 나서 내 몸이 얼마나 아픈지, 마음의 허기를 달래기 위해 내

위를 얼마나 필사적으로 채우는지, 오직 나만 알았다.

그 후로 '의식하며 먹기'는 2~3년간 부침을 거듭했다. 감정적으로 스트레스가 심할 때, 예를 들어 남자친구와 헤어졌거나 업무상 일이 꼬일 때가 특히 고비였다. 집에서 자주 해먹기로 다짐해 놓고 뭔가 좋은 일이 생기면 '나가서 축하하자!' 모드가 발동해 버린다. 금세 머릿속에는 온갖 레스토랑과 한국식 바비큐 무한리필 뷔페가 줄줄이 떠오른다.

아예 반대 극단으로 치달을 때도 많았다. 너무 많이 먹었다 싶으면 무작정 끼니를 건너뛰어 버렸다. 어리석은 짓이었다. 참다못해 결국 폭식으로 이어지곤 했으니까. 위가 늘어났다가 확 줄어버리니 뭘 먹을 때마다 속이 쓰리고 불편했다.

이런 문제를 자각하고 있는 지금도 먹는 건 여전히 좋아한다. 예전부터 우리 집은 스테이크와 감자튀김이 주식이었고 늘 두 그릇씩 먹는 것을 미덕으로 여겼다. 아빠는 돈으로 살 수 있는 것 중에서 최고는 좋은 음식과 좋은 경험이라고 했다. 엄마는 손이 커서 음식을 해도 꼭 넘치도록 했고, 우리는 자기 접시를 싹싹 비우는 것으로 그 사랑에 보답했다. 지금도 먹는 데는 돈을 아끼지 않는다. 새로 생긴 페루식 타파스 식당에 가 보거나 친구에게 내 최애 메뉴를 선보이는 것만큼 행복한 일은 없다.

하지만 문제를 인지하고 진지하게 다루기 시작하니

어느 정도 조절하는 게 가능해졌다. 더는 '난 말랐으니까' 혹은 '토는 안 하니까' 괜찮다고 미련하게 생각하지 않는다. 비교적 적게 먹고, 식사 중간중간 물을 마신다. **호흡하면서 천천히** 먹는다. 그전까지 음식과 나의 관계에는 단순한 식탐이 아니라 채울 수 없는 정서적 갈망이 있었다. 하지만 그렇게 배를 채우면 기분만 일시적으로 나아질 뿐 마음속 허기까지 달랠 수는 없다. 또한, 문제가 겉으로 드러나지 않는다고 해서 무시하면 안 된다. 그럴수록 오히려 문제 상황임을 인정하고 정면돌파 해야 한다.

　나를 사랑하려면 일단 내가 어떤 사람인지 알아야 한다. 나의 결점을 알고 포용해야만 더 강한 사람이 된다. 진부하게 들리겠지만, 나는 진심으로 좀 더 나은 내가 되고 싶다. 그러려면 무엇보다 현재 내 몸과 마음이 어떤 상태인지 확실하게 파악해야 한다.

제3장

먹고살기에 관해 해주고 싶은 이야기

5년 전[27]까지만 해도 유튜브 크리에이터란 직업은 세상에 없었다. 나는 현재 뉴미디어라는 신세계를 살아가고 있다. 이곳이 내 삶의 터전이자 삶의 일부가 될 줄 누가 알았겠는가? 말도 많고 탈도 많았지만 스스로 커리어를 쌓아 가는 법에 대해 참 많이 배웠다. 진정으로 가슴이 뛰는 일을 좇으면서 빚에 허덕이기도 하고, 내가 나의 고용인이 되는 일의 무게를 절감하기도 했다. 이번 장은 내가 사회인의 세계에 첫발을 뗄 때 알았다면 좋았을 이야기들로 채웠다.

독립심은 돈이 길러준다

어린 시절, 내 눈에 돈의 원리는 퍽 단순했다. 누군가에게 돈을 주면 그 대가로 뭔가를 받는다. 쉽고 간단하다. 돈은 삶을 즐겁게 해 준다. 쓰고 싶은 곳도 많았다. 과자, 책, 옷 등등. 그런데 나이를 한두 살 더 먹어가면서 돈이 그리 단순하지 않다는 사실을 깨닫는다. 성인이 된 후로 돈은 더 큰 무언가를 위해 필요한 것이 된다. 이를테면 유튜브 영상을 만드는 불안정한 직업을 이어나갈 수 있게 해 줄 집, 은퇴 자금, 안전망 같은 것 말이다.

대부분 고등학교를 졸업할 때까지 주변에서 아무도 돈을 어떻게 버는지, 어떻게 관리하는지, 어디에 두는 게 더

---

27 이 책의 출간연도를 기준으로 2012년을 가리킨다.

이익인지 등의 금융 지식을 가르쳐 주지 않는다. 우리 엄마 아빠도 내게 개인 금융에 대해서 일절 알려주지 않았다. 혼자서 Roth IRA와 기존 IRA[28]의 차이가 뭔지 검색한 횟수만 해도 족히 수십 번은 될 것이다. 하여간 뭐든 어릴 때 공부하지 않으면 나중에 훨씬 더 고생하는 법이다. 어휴, 나는 진짜 **빡세게** 배웠다.

어떻게 돈을 벌어야 할지는 조언해 줄 수 없지만 적어도 그 방법이 백만 가지쯤 된다는 것은 알려줄 수 있다. 숱한 방식을 시도한 나조차 아직 겉핥기도 못 한 수준이니 믿어도 좋다. 나는 예전부터 사업에 관심이 많았다. 그 첫발을 내디딘 종목은 흔하디흔한, 레모네이드 가판대였다[29]. 잠시 사족을 곁들이자면, 내가 어릴 때 갖춘 비즈니스 전략이라 봤자 대개 양아치 짓이었다(더 적당한 말을 못 찾겠다). 나는 사업의 사자도 몰랐고 그냥 욕심만 많은 꼬마였다. 이제 그런 짓은 안 한다. 상도덕이라는 걸 배웠으니까. 어쨌든 레모네이드 가판대 얘기로 돌아가자.

나는 레모네이드에 물타기를 시전했다. 물을 잔뜩 타서 밍밍한 레모네이드를 어른들에게 한 잔씩 판 것이다. 약간의 레몬과 설탕만 있으면 쉽게 돈을 불릴 수 있었다. 물론 레몬과 설탕은 부모님에게서 탈취한 셈이니 재료비를

---

28 미국의 개인 은퇴 저축 플랜 두 유형을 뜻한다.

29 북미 문화권 어린이들이 홈메이드 레모네이드를 가족과 이웃에게 팔며 인생 최초의 경제 활동을 경험하는 것은 흔한 풍경이며 만화나 영화 등에도 자주 등장한다.

전혀 고려하지 않은 아둔한 발상이었다. 투자와 이익이라는 개념은 제대로 이해했지만, 내 '사업'을 도우려는 착한 어른들에게 비열한 짓을 하고 있다는 양심의 가책은 별로 없었다.

레모네이드 가판대의 필연적 수순이 그러하듯, 나도 금세 가판대를 접었다. 그다음에는 꽃씨를 판매하기로 했다. 판매라 함은, 이웃집 정원에 있는 꽃에서 씨앗을 골라내서 집주인에게 되판다는 뜻이었다. 아빠에게 그 얘기를 했더니 아빠는 박장대소를 터뜨렸다. 내가 종일 그 짓을 하고 손에 쥔 돈은 단돈 1달러였다. 하지만 어쨌든 눈 가리고 아웅 하는 식으로 집주인에게 자기 집 정원을 팔아먹은 셈이다.

나는 거기서 그치지 않았다. 중학생 때 한 친구가 자기 가방에 사탕을 담아 와서 팔았는데 나도 몇 번인가 사 먹다가 생각했다. **잠깐, 사탕 싫어하는 사람은 없잖아? 나도 해 봐야겠다.** 그리고 부모님이 코스트코에 갈 때 냉큼 따라나섰다. 나는 사업 계획을 설명하고서 엄마에게 자본금 20달러를 빌렸다.

그 돈으로 대용량 사탕을 구매한 다음, 집에 있던 일회용 샌드위치 팩에 나눠 담았다. 하나하나 포장하고 책가방 구석구석 채워 넣는 데 한두 시간쯤 걸렸다. (엄마는 내가 샌드위치 각을 다 쓴 걸 뒤늦게 알고서 다음에는 포장재도 내 돈으로 사라고 했다.) 다음날 등교한 나는 경쟁자의 반대 구역에서 장사(책가방)를 개시했다. 코스트코의 대량 판매 덕분에 단가를 낮출 수 있었다. 반 애들은 내가 파는 사탕이 내 경쟁자보다 **훨씬** 싸다는 걸 알고 흥분했다. 그 애들이 전부 내 스키틀즈와 사워패치키즈를 사려고 몰려들자 결국 내 경쟁 상대였던 여자애는 사탕 장사를 때려치웠다. 그리고 나는 당연히, 가격을 올렸다. 사실상 열두 살 나이에 사탕 장사 독점권을 획득한 것이다.

따지자면 경쟁자가 한 명밖에 없긴 했다. 게다가 나는 상도덕을 말아먹고 가격을 후려쳐서 치사한 방법으로 그 친구를 밀어내 버렸다. 그래도 말이지, 사업이 뭔지도 모르고 뛰어든 애치고는 나름 대단하지 않나? 누굴 죽인 것도 아닌데, 뭐. 사탕은 크리스라든가 윌이라든가 하는 남자애들한테 퍼주기도 하고, 내 입으로 들어가기도 했다. 판매 수익으로 원하는 걸 살 수도 있었다. 일단 내 수중에 돈이 있다는 것 자체가 좋았다. 돈은 힘이자 마법이다. 돈만 있으면 뭐든 원하는 것으로 바꿀 수 있었으니까. 게다가 이윤이 엄청났다! 하루에 무려 20달러의 수익! 나는 돈방석에 앉아 기존 상품을 프리미엄으로 업그레이드할 계획까지 세웠다. 거셔스, 후르츠롤업스, 후르츠바이더풋 등등. 하지만 그 꿈은 일장춘몽에 그쳤다.

내 발목을 잡은 것은 학교 측이었다. 판매자 허가증도 없이 장사하면 법에 저촉된다는 것이었다. 만약 판매자 허가증을 신청하는 일이 얼마나 간단한지 그 당시에 알았더라면 우격다짐이라도 해서 사탕 장사를 이어나갔을 것이다. 하지만 사업을 합법화하자고 주 정부에 허가서 발행을 신청하는 일은 내게 너무 까마득한 어른의 일이었다. 하지만 미련이 남았다. 레모네이드 가판대나 꽃씨 판매 같은 장사 흉내가 아닌 **진짜 비즈니스**였으니까. 하루에 20달러? 열두 살이었던 내게는 금광이나 다름없었다.

나는 돈을 벌기 위해 다른 방법을 물색하기 시작했다. 그 당시 나는 올A학점 독서광이었고 1년에 자그마치 70권 이상의 책을 읽었더랬다. (님들아, 그래 봤자 스티븐 킹 추리소설이나 《스위트 밸리 하이》 같은 청춘물이었다.) 그래서 나는 여가를 영업 시간으로 바꿔보자고 생각했다. 우리 중학교는 상급 학년으로 진급하려면 일정 점수를 넘겨야 했는데, 보완책으로 지정 도서를 읽고 퀴즈를 풀어 가산점을 주는 컴퓨터 프로그램이 있었다. 나는 음지에서 서비스를 개시했다. 물론 유료였다. 의뢰인이 아이디와 비밀번호, 평균 평점을 알려주면 의뢰인 대신 퀴즈를 풀어 어떻게든 합격선만 넘겨주는 서비스였다. 이 행위를 뭐라고 이름 붙이면 좋을지 모르겠지만, 아무튼 나는 납세번호 신청서를 작성해 보기도 훨씬 전에 사람들에게 고정 수임료를 청구했던 셈이다.

서비스는 대박을 쳤다. 얼마 지나지 않아 학우들은 내게 에세이도 써줄 수 있느냐고 물었다. 에세이? 1년에 책 70권을 해치우는 나로서는 에세이 쓰기도 식은 죽 먹기였다. 에세이 대필은 나의 밥벌이나 다름없었다.

나는 그림 그리기에도 꽤 소질이 있었다. 오키나와에서

살던 시절, 우리 부모님은 군 기지에서 일하면서 나를 가까운 초등학교에 보냈는데, 나는 일본의 언어와 문화를 습득하며 단짝 친구인 요나하 사야카에게 일본 애니메이션 그림체를 배웠다. 나는 밤을 새워가며 인물과 자세 그리기에 몰두했다. 그러다가 하와이로 이주했는데, 학교에서 어떤 애가 내 그림을 보고 말했다. "야! 그것참 꽝bad이다." 아직 현지 말투를 알아듣지 못했던 나는 걔가 말하는 '꽝'이 실은 '짱good'이었다는 것도 몰랐다. 그래서 어디 네가 한번 더 잘 그려보라며 쏘아붙였다. 감히 내 예술 작품을 욕해? 재수 없는 놈. 당황한 녀석은 두 손을 들며 하와이 토착 어투로 해명했다. "여, 브라brah 30. 난 좋다는 뜻이었지. 짱이라고, 브라. 관광객들한테 돈 받고 팔아도 되겠다."

나는 그 말을 그대로 실천했다. "두 분 참 잘 어울리시네요. 여자친구분께 기념으로 일본풍 캐리커처 한 장 선물하는 거 어때요?", "가게에서 파는 그저 그런 엽서 말고 수제 엽서를 친구에게 보내세요.", "초상화는 어떠세요? 셀카를 그려드려요! 필름 인화될 때까지 기다릴 필요 없어요." (아, 인스타그램이 없던 시절, 단순했던 삶이여…….)

나는 내 취미들을 하나하나 따져봤다. 그림 그리기, 책 읽기, 글쓰기. 어떻게 이 취미들로 돈을 벌까? 다른 건 뭘

---

30 아프리카계 미국인들이 자주 쓰는 bro(친구)에서 파생되었다거나 감탄사 bravo(브라보)에서 파생되었다는 두 가지 설이 있다.

잘하지? 나는 항상 좋아서 하는 일로 돈을 벌고 싶었다.

하필 그 무렵 사춘기가 왔다. 남자애들을 의식하기 시작했다. 돈 버는 재미가 이성에게 사랑받고 싶은 욕망으로 탈바꿈했다. 여전히 온라인으로 그림을 팔고 가끔 에세이를 대필해주곤 했지만 **어떻게 열정을 이윤으로 치환할지**에 대한 고민은 접고 다른 것들을 좇았다.

다만 **소비**에 대한 열정은 접지 못했다. 고등학생 시절에 구한 일거리들은 그야말로 육체 '노동'이었다. 어떤 DJ의 보조 알바를 했는데 학교 무도회 행사 때마다 무거운 앰프와 장비를 옮겨야 했다(왜 그런 일에 열여섯 살짜리 여자애를 써야만 했는지는 지금도 모를 일이다). 또 쇼핑몰 내 스무디 가게에서, 크리스마스 시즌에는 다양한 소매점에서, 밤과 주말에는 베이비시터로 일했다. 기업가 정신이나 비즈니스우먼의 모습과는 동떨어진 한 마리의 일벌이었다. 나는 자연스럽게 만물을 시급 단위로 바라보기 시작했다. 이 스웨터? 다섯 시간짜리 노동이다. 그만한 가치는 없어. 휴대폰 요금? 이게 내 2주간 노동 값이라고? 장난해? 문자도 별로 안 썼는데! 저 구두? 저걸 사려면 대체 몇 시간을 일해야 해? 포기.

가뜩이나 경제 관념 모자란 내게 또 다른 마수가 뻗쳤다. 신용 카드였다. 단언컨대 경제적으로 철저히 대비되어 있지 않다면 십 대들은 절대 그걸 손에 쥐면 안 된다. 신용 카드와 충동 구매는 나를 몇천몇만 달러의 빚더미에 깔리게 한 양대

주축이었다. 나중에야 깨달았지만 신용 카드는 내 지독한 중독증의 하나인 수집벽에 불을 지핀 도구였다. 《왓치맨》 전집 초판을 이렇게나 손쉽게 구매할 수 있다니! 거기다가 이베이는 수집 행위를 게임화시켰다. 승리욕의 화신인 내게 남들과 겨뤄서 **이길 수 있는** 종목이었단 말이다. 그렇게 차지한 아이템이 희귀할수록 짜릿했다. 그 당시 나의 논리는 이러했다. '이게 지금 인기 품목이라면 일단 사둬야지! 오래 묵을수록 빛을 발할 테니까, 엄청난 미래 자산이잖아!'

그건 틀려도 한참 틀린 생각이었다.

나한테는 원조 수집벽 아빠의 피가 **진하게** 흘렀다. 아빠가 열어보지도 않을 관상용 포켓몬 카드 팩을 전부 사들이는 모습이 아직도 눈에 선하다. 아빠는 만화책도 수집했는데, **당시만 해도** 별난 취미였다. 아빠는 배트맨과 슈퍼맨 창간호를 손에 넣고 창고 깊숙이 보관해 놓았는데, 수년간 착실히 가치가 올라가던 중에 할머니가 모르는 사람한테 그냥 줘버렸다. 투자의 세계는 여러모로 아빠에게 호락호락하지 않았다.

사실 우리 엄마 아빠도 워낙 가난하게 자라서 금융에 대해 딱히 배운 바가 없었다. 부모님이 내게 해준 유일한 재정 자문은 '갖고 싶어? 그럼 돈 모아서 사.'였다.

'비상시를 위해서 적어도 1년을 버틸 만한 생활비는 모아두어라.'라든가, '카드빚은 한 달 안에 갚을 수 있는 범위를 넘어서면 안 된다.'라든가, '어른이 되어 Roth IRA와 기존 IRA의 차이가 뭔지 검색창에서 삽질하지 않도록 지금부터 알려주마.'와 같은 조언은 없었다.

그래서 갖고 싶은 게 있으면 돈을 모아 샀다. 신용 카드? 그냥 순서만 바뀐 개념이지 뭐. 일단 사고, 벌어서 갚는 거 아냐? 예약 구매처럼, 맞지? 훨씬 간편하잖아.

그렇게 스물한 살에 카드빚이 2만 달러로 치솟았다. 그때가 바로 코미디가 하고 싶어서 LA로 이사한 무렵이었다.

끔찍한 결정이었다. 고작 집에서 차로 두 시간 거리 도시에 살려고 집세 걱정, 생활비 걱정 없는 부모 집에서 나오다니? 식료품은 99센트숍에서 사고(세 고양이 사료 포함), 요금을 제대로 못 내 휴대폰은 2주에 한 번씩 끊겼다. 어떨 땐 집세 낼 돈이 모자라 아빠나 월에게 손을 벌려야 했다. 비상시나 노후를 위한 저축은커녕 당장 눈앞에 쌓인 빚을 어떻게 갚을지 막막하기만 했다.

LA에서의 첫 1년간은 크레이그리스트[31]에 올라온 갖가지 희한한 일자리를 전전했다. 한 번은 칵테일 서버로 고용되어서 갔더니, 다른 아가씨들과 함께 어떤 방에 섞여 들어갔다. 우리는 어두운 복도에 줄지어 서서 손님이 들어오면 한 명씩 자기 이름을 말했고, 그때마다 손전등이 우리 얼굴을 비추었다. 그렇게 손님에게 지목되면 밤새 곁에 붙어서 놀아줘야 한다. 영업 방침상 손님이 술을 권해도 마시면 안 되지만, 내키면 손은 잡아줘도 된다. (손을 잡고

---

31 미국의 지역 생활 정보 사이트에서 시작된 세계적인 온라인 벼룩시장이다.

싶어 하는 남자들은 백이면 백 결혼반지를 끼고 있었다.)
나중에 이때의 경험을 영상으로 만들었는데, 누군가가
이러한 관행을 술시중[32]이라 일컫는다고 알려주었다.
보아하니 일본에서는 꽤 성행하는 일반적인 서비스업인
듯했다. 하지만 이곳은 LA 시내의 후미진 뒷골목이 아닌가?
나는 시급 18달러에 손님당 최소 100달러의 팁에도
불구하고 하루 만에 때려치웠다. 그냥 소름이 끼쳤다.
공간 자체가 내 안의 인류애를 빨아들이는 느낌이었다.
그래도 그곳에서 살갑게 웃으며 현금을 두둑이 챙기는
여자들에게는 존경을 표한다. 내 눈에 그들은 일류 배우였다.

　또 한번은 지하 포커장에서 서버 겸 어깨 마사지사로
일한 적도 있다. 남자들이 요청하면 술을 갖다주고 어깨
마사지를 해주거나 안줏거리를 제공했다. 게임은 (나를
비롯한 여직원들의 근무 시간과 마찬가지로) 열두 시간씩,
어떨 땐 며칠씩이나 이어지곤 했다. 딱 한 번 게임 합석
요청을 받았는데, 어린 시절에 포커와 블랙잭을 하며 자란
경험이 이때 도움이 됐다.

　이야기인즉슨, 그날따라 기분이 좋았던 사장님이 천
달러어치 칩을 건네며 내가 얼마라도 따면 나눠 갖자고 했다.
나는 기꺼이 노름판에 끼어 바보처럼 헤실거리며 재잘댔고
남자들은 음흉하게 웃으며 치근덕댔다. 내가 자기들 돈을
쓸어가기 전까지는. 실은 내 동생 크리스티나에게서 배운

---

32 원문에서는 hosting으로 쓰였다.

수법을 써먹은 거였다. 크리스티나는 판마다 과감하게 올인으로 시작했고 우리는 크리스티나의 뒤집지 않은 카드들을 노려보며 폴드했다. 분명 엉성한 패일 테니 기꺼이 돈을 걸 생각은 하지 않았다. 그러다가 누가 크리스티나에게 블러프를 외치며 판을 가져가려 하면, 행운의 여신은 크리스티나 편이었다. 언제나 그랬다. 나는 몇 차례 쭉정이 패를 가지고 올인을 외쳤고 씩 웃던 남자들은 고개를 끄덕이며 폴드했다. 눈앞의 어수룩한 여자애가 게임을 어떻게 하는지 전혀 모른다고 짐작했겠지. 하! 솔직히 말하면 이때 기분 진짜 째졌다. 그들은 텍사스 홀덤이나 크랩스 같은 게임이 우리 가족의 명절 전통 놀이였음을, 내가 대수학이 뭔지 알기도 전에 아빠에게 그걸로 확률을 배웠다는 사실을 꿈에도 몰랐다. 약속대로 나는 사장님과 500달러씩 나눠 가졌고 다시는 판에 끼지 말라는 말을 들었다. 손님들이 언짢으면 장사하기 힘들다나. 어쨌든 그곳에서 번 2,500달러로 카드빚을 갚은 뒤 좀 더 평범한 일자리를 구했다. '두 시간 안에 연락이 없으면 경찰을 불러달라'고 아빠에게 문자를 보낼 일이 종종 발생하는 직업을 지속하고 싶진 않았다.

최저 임금이란 생계를 꾸려나갈 만큼의 돈이어야 한다. 하지만 나는 일자리를 네 개나 전전하면서도 지출을 겨우 메우는 수준이었다. 아침에는 척추 지압사 보조로, 점심에는 종업원으로, 저녁에는 베이비시터로, 남는 시간에는 비상 대기 개인 비서로 뛰었다. 그래도 형편은 나아지지 않았다. 스스로 만들어 낸 재정 파탄을 간신히 헤쳐나가는 수준이었다. 만약 유튜버가 되어 수많은 구독자를 보유하지 못했다면 홀로서기란 아예 불가능했을 것이다.

이십 대 초반은 불안으로 점철된 나날이었다. 돈이 부족할까 봐, 공과금을 못 낼까 봐, 고양이들을 돌보지 못할까 봐 전전긍긍했다. 그래서 스트레스를 받을 때마다 하던 일이 있었다. 스트레스의 주범을 다룬 책을 독파하는 것이었다. 공공 도서관에 가서 《부자 아빠, 가난한 아빠》와 《초보자를 위한 개인 재무 관리》 등을 탐독했다. 누가 어떻게 빚을 청산하고 어떻게 돈 관리를 했는지 인터넷에 올라온 간증 글을 샅샅이 뒤졌다. 다른 이들의 글에서 많은 지혜를 얻었다. 첫 번째로 배운 바는 무조건 비상금 천 달러를 비축해 두어야 한다는 것이었다. 나는 천 달러를 찍을 때까지는 무조건 급여의 20퍼센트(나의 재정 상황에 맞춰)를 저축했다. 그러고 나서 빚을 공략했다. 급여의 20퍼센트(마찬가지로 나의 재정 상황에 맞춰)를 채무 상환에 썼다. 가장 적은 액수부터 공략했다. 그래야 성취감을 빨리 맛볼 수 있으니까. 그렇게 적은 빚을 갚고 나면 일단 좀 숨이 트인다. 괜히 높은 액수에 호기롭게 덤볐다가는 좌절감만 느끼기 쉽다. 가장 적은 액수부터 해치워야 한다. 자신에게 소소한 승리를 선사하는 것이다.

다음으로는, 이자율이 가장 높은 빚을 공략해야 한다.

이자율을 쉽게 봤다가는 큰코다친다. 물론 평생 적게 쓰고 살 수도 있지만 그깟 빌어먹을 이자 때문에 허리띠를 졸라매야겠는가? 이자율이 가장 높은 빚을 죽이자. 자신의 앞길을 방해하는 가장 큰 장애물이니까.

그다음부터는 착실히 빚을 갚아나가야 한다. 그러다 갑자기 긴급 상황이 발생하면(내 경우는 시도 때도 없이 고장 나는 망할 차 때문에 툭하면 급한 일이 생겼다), 다시 처음부터 비상금 천 달러를 만들어 놓은 다음 빚 갚기로 돌아가는 것이다.

이렇게 정해 두니 재정 상태가 점점 풀렸다. 몹시 느리긴 해도 풀리고 있었다. 다달이 들어가는 생활비를 충당하고자 여기저기서 광고를 따냈다. 빚을 다 청산하려면야 갈 길이 멀었지만, 내 삶을 스스로 통제한다는 생각에 스트레스도 덜 받는 것 같았다.

유튜브 채널이 성장하면서 영상으로 얻는 광고 소득인 애드센스 수익도 쏠쏠해졌다. 처음에는 한 달에 고작 이백 달러 안팎이었지만, 그 후 3년간 몇몇 영상이 대박을 터트렸다. 내면의 미에 착안한 풍자식 뷰티 메이크업 튜토리얼 〈얼굴에 잘 바르는 법〉이 뜨거운 관심을 받으며 페이스북을 통해 널리 퍼졌고, 한탕을 꿈꾸는 만인의 소망을 다룬 영상인 〈복권 당첨 I Won The Lottery〉도 엄청난 인기를 끌었다. 다른 유명 유튜버들과 협력하면서 구독자 수는 더욱 치솟았다. 그렇게 몇 년 동안 일주일에 한 편씩 꾸준히 영상을 올리다 보니 어느새 유튜버 활동으로만 월 청구서를 지불할 수 있었다.

　구독자 수가 백만 명을 찍자 업체 광고 요청이 들어오기 시작했다. 처음에는 나도 스폰서십 광고에 대한 거부감이 있었다. 당시 스폰서에 대한 유튜브 내 반응은 대체로 부정적이었다. 사람들은 스폰서십 광고를 하는 유튜버를 '광고팔이'라고 불렀고 광고 수익에 눈이 멀어 창작자로서의 가치를 스스로 깎아 먹는다며 손가락질했다.

　하지만 나는 주간 영상 제작 일이 점점 시들해지고 있었다. 솔직히 외로웠다. 집에서 진공청소기를 스탠드 인stand in33으로 사용하고 내 손으로 조명과 음향을 조절하며 촬영했다. 고립감이 창작력마저 가로막는 느낌이었다. 단편 영화를 만들고 싶었다. 팀을 꾸리고 그 속에서 사람과 소통하고 싶었다.

　그래서 2014년에 나는 시청자들에게 주간 영상을 통해 브랜드 광고 수익을 벌어들이겠다고 선언했다. 다만 광고 수익은 단편 영화를 만드는 데 쓰겠다고 밝혔다. 그 수익은 내 월수입의 두 배에서 세 배 정도였다. 나는 광고 메시지를 영상 끄트머리에 넣어 보기 싫은 사람은 얼마든지 끊고 나갈 수 있게 했다. 그리고 뜬금없는 광고 메시지에 불쾌할 수 있으니 최대한 흥미롭게 전달하려고 노력했다. 시청자 의견을 반영해서 억양이나 캐릭터를 살려 광고 메시지를 전달했다.

---

33 조명이나 촬영 구도를 위해 촬영 전에 배우를 대신하는 사람을 말한다.

뜻밖에도 스폰서십 광고를 흥미롭게 만드는 일은 그 자체로 꽤 즐거운 도전이었다. 그리고 2015년에는 좀 더 긴 단편 영화를 만들어 보고 싶었기 때문에(그렇게 만들어 낸 영화가 〈얼렁뚱땅Loose Ends〉과 〈슈퍼히어로들과 동료들Supers & Associates〉이다), 주간 영상을 제작하는 데 걸리는 시간과 거의 맞먹는 시간을 브랜드 광고에 들이기 시작했다. 나는 광고 수익으로 그린스크린과 새 조명 장비를 구입하고 그래픽 아티스트, 편집자, 포토그래퍼, 조수 등을 고용했다. 그 덕분에 내 콘텐츠는 더욱 풍성해져서 원우먼쇼의 테두리를 넘어섰다.

2016년, 나는 유튜버로서의 커리어가 영원하지 않으리란 사실을 깨달았다. 사람들은 금방 오고 금방 갔으며 유행을 탄 짧은 반짝 소비되고 사라졌다. 나는 나이도 먹을 만큼 먹었으니 슬슬 은퇴 자금 저축 계획을 세우고 집도 사야겠다고 생각했다. 여전히 브랜드 광고에 공을 들이긴 했지만, 영화나 시리즈 판권을 판매하는 데 집중하려고 단편 영화에서는 잠시 손을 뗐다.

내 친구의 아버지이자 지금은 나의 공인회계사인 데이비드가 해 준 최고의 재정 조언이 있다. '돈 쓸 때 고려해야 할 건 딱 두 가지야. 첫째, 그것이 내 커리어 성장에 도움을 주는가. 둘째, 그것이 내 삶을 더 편하게 해 주는가.'

이왕 이 조언을 전파하는 김에 한 가지만 더 추가하자. '음식. 좋은 음식에는 돈을 써도 좋다.'

돈이라면 나도 양극단을 경험한 사람이다. 한푼 두푼 악착같이 모아서 예금 통장을 살찌운 적도 있고, 가진 신용 카드를 죄다 한도 초과하면서 있는 돈 없는 돈 깡그리 탕진하기도 했다. 인생사 대부분이 그렇듯, 가장 이상적인 지점은 두 극단 사이 어딘가에 있다.

지금 이렇게 경제적으로 독립하게 된 것은 참으로 아름답고 감사한 일이며 앞으로도 절대 당연시하지 않을 것이다. 당신도 혹시 경제적 독립을 위해 고군분투하고 있다면 이 사실을 잊지 않으면 좋겠다. 할 수 있다.

인터넷 스타로 사는 삶

나는 소셜 미디어라는 거대한 괴물과 함께 성장했다. 나란히 성년을 맞은 우리 둘은 우릴 지배하는 세상에 뛰어들 준비가 되어 있었다. 내가 어릴 때는 다들 영화배우나 가수가 되고 싶어 했는데, 요즘 십 대들의 꿈은 유튜버나 인플루언서다. 열세 살짜리가 몇 십만 달러짜리 브랜드 계약을 체결하고, 스타견의 인스타그램 계정 팔로워 수가 수백만 명에 이른다. 요즘은 웬만한 아이들이 어른보다 더 게임을 잘한다. 좋든 싫든 인터넷은, 특히 스마트폰은 우리 삶을 너무 많이 변화시켰다. 나는 열일곱 살 때까지도 핸드폰이 없었다. 처음 생긴 것도 구닥다리 노키아 폰이라서 화질도 후진 데다가 스네이크 게임밖에 할 게 없었다. 만약 5년만 늦게 태어났다면 이 세상에 내 나체 셀카가 몇 장이나 존재했을지 생각하니 몸서리가 쳐진다. 많아도 **너무** 많았겠지. 난 내가 열여섯 살 때 완전 섹시하다고 생각했거든.

인터넷을 향한 나의 감정은 양면적이다. 한편으로는 사랑해 마지않는다. 일단 알고 싶은 것은 뭐든 알아낼 수 있다. 토한 뒤 얼굴에 올라온 이 불그스름한 반점들은 뭐지? 아하, 혈관 터진 거구나. 전자레인지에 얼굴을 가까이하면 안 좋나? 완전 안 좋군(짐작은 했다). 내 견해를 글이나 영상에 담아 사람들과 공유할 수도 있다. 사실상 뭐든지 방구석에서 안락하게 접근할 수 있다. 무엇이든 배울 수 있다. 새로운 사람도 만날 수 있다. 참으로 놀라운 도구다.

하지만 다른 한편으로 인터넷은 여성 혐오와 인종 차별 등 믿을 수 없을 만큼 무식한 짓이 횡행하는 공간이기도 하다.

인터넷 자체보다 더 희한한 건 사실 온라인상의 명성이다. 《거울 나라의 앨리스》를 통째로 경험하는 느낌이다. 어제는 비드콘(온라인 크리에이터들의 축제라고 할 수 있다)에서 나와 셀카를 찍으려는 수백 명에게 둘러싸여 있었는데, 오늘은 어떤 바에서 진행하는 오픈마이크 무대에 올랐더니 아무도 날 못 알아본(다거나 관심조차 없)다. 온라인상에서 신기록을 찍을 때마다 나는 '노바디'에서

'섬바디'가 되는데 가끔은 기분이 떨떠름하기만 하다. 어떨 때는 누군가의 롤모델로서, 자살이나 왕따 예방의 대변인으로서, 다른 이들을 웃게 해주는 사람으로서 나 자신이 꽤 중요한 구실을 하는 것 같다가도, 또 어떨 때는 컴퓨터 앞에서 쌓는 이 커리어가 그저 요행이나 한때에 그치지 않을까 싶기도 하다. 내면의 이야기를 할 수 있는 내 직업을 사랑하긴 하지만 직업적 정체성과 개인적 정체성이 뒤얽혀 있기에 힘든 점도 있다.

그런 단점이 엎친 데 덮친 격으로 겹칠 때가 누군가와 연애를 할 때다. 그러니 2012년에 내가 (하필) 다른 인터넷 인플루언서랑 공개 연애를 하면서 얼마나 혼란스러웠을지 상상해보라. 대중의 시선 속에 놓인 사람은 연애를 할 때도 큰 부담을 느끼기 마련이다. 흔한 온라인상 연인들처럼 우리도 데일리 브이로그를 올리고 공동 벤처 사업을 벌였다. 처음에는 같이 일하는 것도 재밌고 톡톡 튀는 아이디어로 영상을 찍어 세상에 내놓는 일이 좋았다. 다만, 세상이 우리의 기대만큼 정중하게 반응하지 않을 것도 대비했어야 했다. **나 혼자라도.** 포스트에 달린 댓글을 보니 내가 골 빈 꽃뱀이라느니 남자가 아깝다느니 하는 댓글이 수두룩했다. 꼭 '누구의 여자친구'로서만 언급되다보니 그때 나는 온전한 개인이 아닌 느낌이었다. 그러다가 내 유튜브 채널의 구독자 수가 늘자, 어떤 이들은 내 성공이 온전히 전 남친 덕이라는 투로 말하며 그간 내가 들인 공을 헛수고로 만들었다. 그런 댓글을 마주하는 게 힘들었다. 무슨 헛소리든지 계속 들으면 그 말이 진실이 아닐까 의심이 들기 마련이니까. 공개 연애라 끝은 더욱 지저분했다. 심지어 몇 년이 흐른 지금까지도 내 모든 SNS 계정 피드에 전 남친을 언급하는 댓글이 올라오곤 한다. 지금 이걸 쓰는 와중에도 누군가가 내 전 남친이 애인과 찍은 사진을 트위터에 올렸다. 도무지 끝이 없을 것만 같은 굴레다.

그러고 보니 내가 '인터넷' 셀럽이라 무슨 일이든 좀 더 예민하게 반응하게 되는구나 싶다. 연애든, 민망한 사진이든, 가벼운 농담이든 전부 도마 위에 올라온다. 내가 이 세상의 아주 작은 일부라는 점을 자꾸 잊어버리게 된다. 어마어마한 조회 수와 '좋아요' 수와 한눈에 파악이 안 되는 댓글 수를 보면 그들이 그저 사람이라는 점을 번번이 까먹게 된다.

온라인 유명인으로서 가장 두려운 점은 우쭐해지기 쉽다는 것이다. 내가 대단한 사람이라는 착각에 빠지는 것이다. 그런데 영상당 평균 조회 수가 백만이 넘어가는 유튜브 채널이 몇 개나 되는지 아시는가? 무려 3만 7천 개가 넘는다.

게다가, 결국 그 '좋아요' 수와 구독자 수와 팔로워 수가 다 뭐길래? 나는 내 가치를 한낱 알고리즘 따위로 환산하고 싶지 않다. 내 자존감은 **실제로** 중요한 것들을 통해 재단되어야 한다. 그런 것들은 숫자로 헤아릴 수 없다. 내가 세상과 사람들을 위해 무엇을 하고, 얼마나 도움이 되는지

같은 것 말이다.

물론 쉽지는 않다. SNS상에 수치가 오르는 걸 지켜보면 짜릿하다. 나는 그 숫자들을 분석하느라 허비하는 시간을 조사 명목으로 합리화한다. 셀카를 올려야 인스타그램 팔로워 수가 늘어난다고 자기 암시를 건다. 댓글을 샅샅이 훑으며 사람들이 나를 어떻게 생각하는지, 지난 6년간 끌어모은 160만 명의 구독자들에게 어떻게 어필할 수 있을지 고민한다.

그래, 비즈니스 측면에서 그런 것도 **나름대로** 중요한 일이다. 하지만 데이터를 분석하는 일과 거기에 집착하는 행동 사이에는 뚜렷한 선이 존재한다. SNS를 양질의 콘텐츠로 채우는 일과 본인의 허영심과 인정욕을 채우는 행동 사이에도, 예술을 창조하는 일과 그저 모방하고 유행을 쫓는 행동 사이에도 마찬가지다.

인터넷 셀럽이 되고자 하는 이들에게 내가 줄 수 있는 최고의 조언은, 인터넷은 엄밀히 따지면 현실 세계가 아니라는 사실을 기억하라는 것이다. 뻔하게 들리겠지만, 우리는 인터넷이라는 가상공간에 **푹** 빠져서 살면서(나처럼 아침에 일어나자마자 핸드폰부터 보는 사람?) 정작 눈앞에 실재하는 것들은 쉽게 무시해 버린다.

그러다 보니 사람을 직접 만나는 일이 얼마나 소중한지도 쉽게 잊어버린다. 컴퓨터 앞에 앉아 세상과 '소통'하는 일이 훨씬 편하니까. 친구들과 모임 한번 없이 집에서 혼자 핸드폰에 고개를 처박고 있는 사이 몇 주가 그냥 흘러버리기도 한다.

SNS는 허구다. 겉모습만 그럴듯하게 치장한 삶의 전시장이다. 타인에게 **보여주고 싶은 것만** 보여주는 것이다. 물론 이따금 내 안의 내밀하고 진솔한 무언가를 보여주고 싶은 아름다운 순간도 있다. 하지만 대부분은? 다들 행복과 즐거움이라는 가면을 쓰고 있다.

온라인상의 나는 내 **일면**이지 전부가 아니다. 실생활에서 나는 그리 말을 잘하지도 않고 그리 논리적이지도 않다. 젠장, 화면에 보이는 것만큼 똑똑하지도 않다. 생각하고 쓰고 수정하고 편집하는 데에는 엄청난 시간이 걸린다. 화면상에 나온 결과물만 흠 없이 유려할 뿐이다. 우리가 온라인상에 내세우는 자아는 하나의 페르소나다. 확장된 자아일 뿐이다. 어떤 면에서는 진실이지만 우리의 존재 자체가 아닌 이미지만을 전시하기에 궁극적으로는 거짓이다.

정말 중요한 세상은 우리가 실제로 보고 느낄 수 있는 세상이다. 그 세상을 간과하지 말자.

보스가 되는 법

누군가의 보스가 되는 일은 나에게 결코 쉽지 않았다.

나는 타고난 피플 플레저^{people pleaser}**34**다. 남의 실수에는
관대하면서 내 스트레스 관리에는 서툴다. 실무자로서는
훌륭할지언정 관리자감은 못된다. 일이 틀어졌을 때
책임자를 질책하는 일? 내게 금전적 손해를 입힌 남의
실수를 수습하는 일? 미소와 사과를 거두고 시시비비를
엄중히 따지는 일? 모두 젬병이다.

　나는 업무 관련 이메일을 보낼 때마다 거듭 되새긴다.
이모티콘을 줄이고 불필요한 사과를 하지 말자고, 내 열정을
증명하려고 느낌표를 남발하지 말자고. 그런 군더더기는
필요 없다. 나는 당당한 비즈니스우먼이니까! (라고 말하는
지금 잠옷 차림에 무릎 위에는 고양이가 있다. 하지만 다시
한번 강조한다. 나는 비즈니스우먼이다.)

　특정 측면은 여전히 거북하다. 사람들에게 업무상 관계
해지를 통보할 때는 잠자리까지 뒤숭숭해진다. 내가 하는
일을 제대로 이해도 못하는 기업에 그들이 제안한 보수보다
높은 액수를 자진해서 요구하는 일도 껄끄럽기만 하다.
번번이 변덕스럽게 알고리즘을 바꾸는 SNS 플랫폼과 내가
통제할 수 없는 숫자놀음에 좌절한다. 하지만 이제는 싫은
부분도 모두 감수해야 한다는 걸 안다. 오래도록 보스의
길을 밟기로 했으니까. 이제부터 소개할 내용은 내가
여태까지 얻은 직업상의 지혜들이다.

---

34 나보다도 남을 기쁘게 해주기 위해 무리하여 노력하는 사람을 가리키는 말.

나에게 관대하기

보스가 되는 것 자체도 충분히 고생스럽지만 작은 체구에 학생처럼 보이는 외모라면 사람들에게 존중받기 위해 추가적인 노력이 필요하다. 회의실에 들어갔더니 나를 비서로 착각한다거나 남자들이 나와 눈도 안 마주친다거나 하는 일이 한두 번이 아니었다(부끄럽거나 어색해서가 아니라 고의적인 권력 과시였다).

나는 그저 내 일을 했을 뿐인데 '권위적'이라느니 '드세다'라느니 '독한 년'이라고들 했다. 내가 남자였다면 생판 달랐을 방식으로 나를 평가하고 무슨 일을 맡기면 눈알을 굴리며 내가 아무것도 모른다는 식으로 중얼거리거나 내 직원들이 보는 앞에서 나를 대놓고 깎아내리기도 했다. 일이 끝나면 내가 결재한 보수를 챙겨가면서 말이다.

보스에게 다른 이의 인정은 필요없다. 스스로 인정해주면 된다. 나는 자신감이 떨어질 때마다 거울 앞에서 이렇게 말해본다. '너는 백인 이성애자 남자야.' 나와 내가 하는 일에 당당하다면 누가 나를 어떻게 생각하는지는 중요치 않다는 사실을 역설적으로 상기하는 것이다.

내 존재에 대해 양해를 구하지 말자. 괜찮겠냐고 묻지도 말자. 보스는 나다. 할 일을 하되 나의 선택을 전적으로 믿고 그대로 밀어붙이자. 아주 끝내주게.

여자가 뭐 어때서

남성이 우위를 점한 업계에는 특히 여자라서 겪는 고충이 있다. 똑같은 아이디어를 냈는데 남자가 공을 다 가져가 버린다거나 맡은 배역이 남자의 액세서리쯤으로 묘사된다거나 전문적인 도움을 주는 대가로 성 상납을 요구하는 경우도 흔하다.

우리가 사는 이 세계는 남자들이 주름 잡고 있다. 아직은.

남자들을 욕하려는 게 아니다. 내 주변에는 공적으로든 사적으로든 멋진 남자들도 참 많다. 다만 선의로 하는 말이 성차별주의 발언인지 잘 모르고 어떤 친구들은 그저 관심이 없다는 이유로 여자의 입장을 이해해 보려고도 하지 않는다.

우리에게는 일터에서 여자가 어떤 차별을 받는지 남자들을 교육할 의무가 없다. 이런 일을 자진해서 떠맡아봐야 의심이나 불신을 사기 십상이다. 여자라서 부당하게 해고당했다고 하소연해도 남자들은 그걸 변명으로 여긴다.

여성 혐오를 내면화한 여자들도 종종 눈에 띈다. 여자가 앉을 자리는 애초에 하나밖에 없다고 보고 그 자리를 차지하려면 다른 여자와 경쟁해야 한다고 믿는 여자들. 나도 한때는 그런 여자 가운데 하나였다. 여자 친구가 성공하면 더 배가 아팠다. 서로의 업적을 시기했고 실패를 은근히 바랐다.

내가 놓친 배역을 아시아인 여자가 따내면 망연자실했다. 차라리 백인 여자에게 가는 게 나았다. 그래야 적어도 **이해**는 되니까.

그러다가 〈얼렁뚱땅Loose Ends〉이라는 단편 영화를 만들게 되었는데, 그때 제작진이 모두 여자였다. 현장 분위기는 평화롭고 든든하고 다정했다. 정해진 스케줄은 매일 세 시간이나 일찍 끝났다. 생리 주기마저 비슷해져서 간식 테이블에는 바나나와 감자 칩과 함께 탐폰이 올라왔다. 저마다 다양하게 겪은 성차별 이야기가 점심시간 단골 화제였다. 내 기준에서는 최고로 편안한 촬영장이었다.

이 업계에서 여성이기에 겪는 부당함은 이미 받아들였다. 비록 아직도 자신감이 떨어지거나 불안해질 때마다 '너는 당당한 백인 남자야!'라는 격려의 주문을 걸지만 나는 내 일을 할 때 발휘되는 여성성을 사랑한다. 나의 배려심, 사회적 지능, 감수성은 내가 현장에서 팀을 이끄는 원동력이자 함께 일하는 시간을 즐겁게 만들어 주는 기폭제다.

나는 원로 배우 베티 화이트가 했던 멋진 말을 종종 떠올릴 때가 있다. '왜 사람들은 툭하면 불알을 키우라grow some balls고 하죠? 불알은 연약하고 예민한데. 강해지고 싶으면 질을 튼튼하게 키워야죠. 그래야 쉽게 상처 입지 않으니까.'

내 사람을 챙기자

보스는 리더를 뜻한다. 최고의 리더는 자기 사람을 잘 챙기는 사람이다.

업계 대부분은 문제를 해결하거나 프로젝트를 진행하거나 목표를 달성하기 위해 팀이라는 집단에 의존한다. 하지만 그 안에서는 최선을 다하는 사람이나 아닌 사람이나 똑같이 대우받는다. 그러니 최종 결과물을 위해 다 함께 똑같이 노력하는 환경을 만드는 게 바람직하다.

내가 보기에 좋은 보스들은 일터를 즐겁고 생산적으로 만들기 위해 다음과 같은 원칙을 지킨다.

- **보수는 정당하고 신속하게 지급할 것**
- **사람들을 자주, 잘 먹일 것**
- **고마움은 구체적으로 표현할 것**
- **기대하는 바를 명확하게 말할 것**
- **사람들의 재능을 요령 있게 활용할 것**
- **남의 시간을 낭비하지 말 것**
- **기꺼이 함께 일하고 싶은 사람이 될 것**

뻔해 보이지만 나를 비롯한 영상 업계 종사자들은 지나치게 자기 세계에 몰두하는 경향이 있다. 마감에 쫓기고 예산을 초과하지 않으려고 전전긍긍하느라 이 일을 하는 주체가 사람들이라는 사실을 쉽게 잊어버린다. 하지만 모두가 같은 목표를 향해 일하고 있다. 애초에 이 업계에 발을 디딘 것도 저마다 삶의 어느 지점에서 영화나 드라마 작품을 보고 '**나도 저런 걸 만들고 싶다. 저런 걸 하고 싶다**'라는 마음을 품었기 때문이다.

급하게 일을 진행하느라 촬영장에서 다른 사람에게 상처를 주는 일은 비일비재하다. 툭하면 촬영 스태프에게 고함을 지르는 연출자도 많다. 나도 당해 봤다. 영상 업계에서는 '쇼는 계속되어야 한다'라는 미명 아래 수많은 악행이 자행된다. 하지만 그건 아니다. 쇼는 계속되지 않아도 된다. 제작진은 얼마든지 촬영장을 버리고 떠날 수 있다. 배우도 그만둘 수 있다. 연출자도 손을 뗄 수 있다. 그래, 쇼는 계속될 **수도** 있다. 하지만 이 한 가지는 잊지 말자. 그래봤자 쇼는 어디까지나 쇼일 뿐이다.

숫자에 꼼꼼해지기

보스가 되면 좋은 점도 있고 나쁜 점도 있다. 일단 창작욕을 마음껏 펼칠 수 있다. 모든 상황을 진두지휘할 수 있다. 일은 (바라건대) 내가 원하는 방식으로 진행된다. 화면에는 내 얼굴이 나오고, 크레디트에는 내 이름이 올라간다. 모든 영광은 내 차지다.

그러나 누가 일을 개판으로 처리하면, 그걸 수습하는

것도 전적으로 내 몫이다.

예전에 드라마 엑스트라로 일할 때 메이시라는 동료가 있었다. 메이시는 상당히 셈에 **밝은** 사람이라서 다세대 주택이나 콘도 분양권을 사서 임대하는 게 취미였고 부동산이라면 빠삭했다. LA의 부동산을 사서 다른 사람이 저당금을 지급하게 하는 것이 돈을 버는 가장 현명한 방법이라고 확신했다. 아무튼 노는 물이 좀 달랐다.

메이시는 나를 좋아했다. 나는 사람들을 웃기는 재주가 있었고 우리는 툭하면 노인 목소리로 "개"라고 말하는 등(그런 게 있다), 우리만 아는 이상한 드립을 치며 깔깔댔다. 나보다 나이가 많은 메이시는 그 당시 멘토가 절실하던 내게 무척 매력적으로 다가왔다. 한번은 내가 사업과 관련해 쌈박한 조언 하나만 해달라고 했더니 망설이지도 않고 충고했다. "늘, 어느때건, 계산기를 두드려 봐."

메이시는 회계 장부를 반드시 제 손으로 기록했다. 회계사를 믿고 맡긴 적도 없었다. 회계사조차, 아니, 회계사야말로 자기 돈을 물고 튈 수 있다며.

나는 메이시의 충고를 요긴하게 썼다. 처음으로 감독을 맡았을 때도 예산표를 상세히 작성하고 수표장의 수입과 지출을 꼼꼼히 대조했다. 나는 메이시처럼 되고 싶었다. 내 수중의 돈이 얼마나 있고 어떻게 쓰이는지 센트 단위로 빠삭하게 알고 싶었다.

메이시의 충고가 아니었다면 〈라일리 리와인드〉 제작

당시 예산 담당자의 잘못을 그냥 넘어갔을지도 모른다. 만 삼천 달러가 어딘가로 증발했는데 영수증이 없었다. 그는 제작이 끝나면 예산표를 전달하겠다고 줄기차게 장담했는데, 막상 제작이 마무리되자 그동안 예산표를 제대로 기록하지도 않았다는 사실이 들통났다. 악몽이 따로 없었다.

나는 어쩔 수 없이 손수 예산표를 소급하여 작성해나가기 시작했다. 하지만 출연료, 인건비, 장비와 장소 대여료, 보험비, 식대 모두 제하고 난 뒤에도 여전히 만 삼천 달러가 비었다. 말 그대로 증발해 버린 것이다.

담당자가 의심스러웠지만 그는 나와 친구도 겹치고 내 지척에서 활동하는 사람이라서 책임을 묻기 껄끄러웠다. 그러던 차에 친구 한 명이 이번에 자기가 제작하는 쇼에 그를 고용하겠다고 말했다. 내적 갈등이 일었다. 한편으로는 나도 애초에 그가 최악의 예산 관리자임을 알았다면 얼마나 좋았을까 싶었지만 또 한편으로는 뒤에서 욕하는 고자질쟁이가 되고 싶지 않았다.

나는 한참을 고민 끝에 친구에게 그와의 경험을 털어놓았다. 친구는 그제야 자기 예산을 살펴보고는 그가 매회 에피소드마다 수천 달러씩 자기 주머니에 몰래 챙기고 있었다는 사실을 알아냈다.

친구는 즉시 그를 해고했다.

금전 관리는 지루하고 지겹지만 제대로 안 하면 내 주머니가 샌다. 항상 숫자를 꼼꼼히 보자.

나를 챙길 사람은 나 밖에 없다

처음 연기를 시작할 때는 그저 돈벌이를 한다는 데 감사해서 아무리 불쾌한 일을 겪어도 꾹 참았다. 내 안전을 보장해 줄 스턴트 전문가가 없어도 군말 없이 위험한 스턴트 연기를 했고 에어컨 빵빵한 방에서 담요 한 장 없이 물에 쫄딱 젖은 채로 방치되어도 불평 한마디 하지 않았다. 어떤 블록버스터 영화를 찍을 때는 감독이 브래지어에 뽕 좀 채워 넣으라고 요구해서 세 번이나 화장실에 다녀와야 했다. 네네, 님이 원하시는 만큼 채워드리지요.

이 같은 문제를 겪는 배우들은 수두룩하다. 콧대 높거나 까탈스럽다는 오해를 받기 쉬운 데다 괜히 소란을 떨고 싶지 않아서다. 친구들에게 들어보니 나는 그나마 운이 좋은 편이었다. 촬영하다가 다쳤는데 병원에 간단 말도 못 했던 친구, 의도치 않은 신체 노출 장면을 허락 없이 쓴 감독과 법정 공방까지 벌여야 했던 친구도 있었다(쓰지 않겠다는 말은 절대 믿지 말고 반드시 서면 동의를 받아야 한다).

나는 스스로 나를 챙기는 법을 빠르게 체득했다. 아무도 나서주는 이가 없었기 때문이다. 내가 남을 귀찮게 하고 있다는 생각을 지워버려야 한다. 일터에는 일을 하러 간 것이다. 부당하게 다치거나 모욕을 당하거나 이유 없이 불편을 겪어야만 하는 일이란 없다. 엔터테인먼트 산업 종사자 중에는 이른바 '예술혼'을 떠받드는 자들이 있다.

신체적, 정신적 노동의 대가를 고사하고 성공을 향해 창의성과 천재성을 펼치는 이들만이 진정한 아티스트라며 추켜세운다.

다 개소리다.

우리는 꿈을 위해서 이 일을 하지, 악몽 같은 일이나 겪으려고 하는 게 아니다. 물론 불편할 때도 있다. 궂은 날씨에도 촬영을 감행해야 할 때도 있고, 카메라에 잘 담기기 위해 불편한 자세를 참아야 할 때도 있다. 예술을 위해 혼을 갈아 넣어야 할 때도 분명 있다. 하지만 그건 어디까지나 예외여야지, 불문율이 되어서는 안 된다.

읽지도 않고 사인하지 말라

살면서 제일 멍청했다고 느꼈던 때가 **직접 서명한** 종이 한 장 때문에 낭패를 봤을 때다. 비즈니스 세계에서는 이런저런 서류를 들이밀며 사인하라는 사람이 많다. 가까운 지인들도 안심해도 좋다고 하고 변호사마저 오케이 사인을 준다(하지만 설령 **내가 고용한 변호사**의 말이라도 무턱대고 따르지 말고 서류는 전부 직접 읽어보자).

그 교훈을 처음 얻게 된 것은 당시 사귀던 남자가 변호사 선임 비용이 너무 비싸다며 나에게 자기 변호사를 쓰자고 제안했을 때였다. 아아. 대형 실수였다. 그와 나는 함께 회사를 설립했으나 공식 계약은 체결하지 않은 상태였다. 그의 변호사는 수시로 '초안을 작성 중이다'라고 말하면서도 당장 돈 들어올 데가 없으니 세월아 네월아 했다.

그러다 우리의 첫 프로젝트를 넷플릭스에 팔게 되었다. 내가 직접 대본을 쓰고 주연을 하고 연출을 맡는 등 심혈을 기울인 프로젝트였다. 서류에 서명만 하면 거래가 성사될 참이었다. 나는 서류를 부랴부랴 훑어보면서 변호사를 선임해야 하나 말아야 하나 고민했다. 그때 남자친구의 조수가 귀띔하기를, 남자친구 쪽에서도 거래 성사를 위해 서두르고 있으며 그쪽 변호사가 서류도 오케이 했다고 했다. 나는 남자친구가 어련히 잘 챙겼겠거니 하고 서류도 제대로 읽지 않은 채 급히 서명했다.

그러고 어떻게 됐을까? 우린 헤어졌다. 하필 그 프로젝트가 텔레비전 방영권을 획득할까 말까 하는 중요한 시기였다. 그때쯤에는 나도 여유가 생겨 변호사를 선임했지만, 남자친구는 나더러 이제 그 프로젝트에 권한이 없으니 빠지라고 했다. 나는 내가 서명했던 그 오래된 계약서를 파헤쳐 보았다. 자세히 읽어보니 내 권리는 쥐뿔도 없었다. 단적으로 말하자면 고작 1달러에 내 모든 권리를 그에게 양도한 것이나 다름없었다. 독창적 아이디어를 비롯하여 연기, 각본, 연출 등 그 프로젝트에 갈아 넣은 내 모든 노력을 단돈 1달러에 퉁쳤다는 말이다(심지어 1달러도 못 받았다. 내 생애 가장 힘들게 번 그 1달러는 어디로 갔을까?).

내 변호사는 내가 아주 형편없는 계약을 체결했다고 씁쓸하게 말했다. 수치스러웠다.

한 번의 실수로 교훈을 깨우치면 좋으련만, 그랬다면 인생이 너무 쉬웠겠지.

그러고 나서 1년쯤 뒤였나, 평판이 좋은 한 회사에서 내 단편 영화 한 편을 웹시리즈로 제작하자고 했다. 그 회사의 수장은 캣이라는 중년 여성이었는데, 당시 내 멘토이자 롤모델이기도 했다. 캣은 재밌고 똑똑하며 일 처리를 **화끈하게** 하는 여자였다. 나는 그를 우러러봤고 함께 작업하길 고대하고 있었다.

변호사를 끼고 계약을 진행하는 데 다소 시간이 걸렸다. 정확히는 4개월이었다. 내 변호사는 회사 측이 보내온 초안이 좀 황당하다고 지적했다. 보수도 마땅치 않거니와 계약서상에 명시된 바에 의하면 나는 계약 기간 내내 다른 어떤 영화, 드라마, 웹시리즈에도 참여할 수 없었다. 내 변호사에 따르면 이런 식의 독점 계약은 흔히 방송사에서만 제시하는 거래 조건이었다. 계약서상에 명문화할 수 있는 것도 애초에 원작자를 프로젝트에 '잡아두려는' 목적으로 높은 보수를 제안하기 때문이라고 했다.

그 회사는 대가 없이 원하는 게 많았다. 그도 그럴 것이 웹 기반 엔터테인먼트 산업은 막 태동하는 분야였다.

딱히 관행이랄 게 없었다. 참고로 그것이 바로 MCN[35]이 크리에이터 수입의 30퍼센트나 가져갈 수 있는 이유다. 할리우드 매니지먼트 수수료는 통상 10퍼센트에 불과하다.

그러던 어느 날 집에 가는 차 안에서 캣에게 전화가 왔다. 캣은 밑도 끝도 없이 내가 계약서에 서명하지 않으면 **내 프로젝트 안에서 내 배역을 바꿀 거**라고 했다. "너랑 개인적으로 아는 사이니까 미리 말해주는 거야. 네가 먼저 알아야 한다고 생각했거든."

나는 곧바로 내 매니저(참고로 이 세상 최고의 매니저다)에게 전화를 걸었다. 그는 **격노**했다. 계약 협상 중에 그런 식으로 당사자에게 직접 전화하다니 **듣도 보도 못한 일**이라며, 양아치식 협박이나 다름없다고 했다.

잠깐, 뭐라고? 캣이 나를 협박해? 그냥 날 아끼니까 서류 작업이 너무 오래 걸린다고 미리 귀띔해 준 게 아니었어? 매니저는 단호하게 아니라고 했다. 아마 나랑 거래를 트기도 전에 투자자들에게 이래저래 약조해 놓고 막상 계약이 늦어지니 똥줄이 타는 모양이라고 했다.

그러나 계약서 내용을 탐탁지 않게 여기는 변호사와 프로답지 못한 캣의 행동에 화가 난 매니저를 뒤로하고 나는 결국 꼬리를 내렸고, 변호사에게 조언받은 시기보다 조금 일찍 계약서에 서명했다.

---

35 다중 채널 네트워크(Multi Channel Networks), 1인 혹은 중소 콘텐츠 창작자들과 제휴해 마케팅, 저작권 관리, 콘텐츠 유통 등을 지원, 관리하는 사업을 뜻한다.

나도 사업을 하는 사람이니 캣이 왜 그랬는지 이해한다. 내 변호사나 매니저에게 전화했다면 본인의 계획대로 되지 않을 게 뻔하니 한시라도 빨리 내 서명을 받아 내는 게 목적이었을 것이다. 하지만 자신을 존경하고 우러러보는 사람을 교묘하게 이용했다는 점은 비난하고 싶다. 내 변호사는 이유 없이 느리게 일을 진행하지 않았다. 애초에 부당한 조항을 들이민 것은 캣 쪽이었다. 그뿐 아니라 나와 계약을 체결한 뒤 그 계약서를 회사의 템플릿으로 사용하기 시작했다. 앞으로의 계약 건을 위한 실험 대상으로 나를 이용한 셈이었다. 계약 합의에 이르기까지 그토록 오랜 시간이 소요된 것은 당연한 일이었다. 그들은 프로 의식이 없었다.

두 번 다시는 이런 실수를 저지르고 싶지 않다. 하지만 나뿐만 아니라 수많은 사람에게도 이 바닥은 여전히 신생 분야다. 한 가지 분명한 것은 뭐든 서명하기 전에 반드시 읽어봐야 한다는 것이다.

할 수 있는 일은 다 해보자

디지털 콘텐츠 크리에이터라면 하나부터 열까지 다 해야 한다. 촬영, 조명, 편집, 연기, 감독, 연출, SNS 마케팅, 그 외 기타 등등. 결국 필요에 의해 하게 된다. 그저 뭔가 만들어 보고 싶어서 방에서 혼자 단출하게 시작했는데, 딱히 도와줄 사람도 없으니까.

나는 마음만은 천생 배우지만 연기 외의 다른 일을 할 때마다 잔기술이 늘었다. 일단 편집을 하다 보니 카메라를 속이는 법을 알게 되었다. (몸과 얼굴을 카메라 쪽에 두면 연기할 때는 부자연스럽게 느껴지는데 화면에는 훨씬 잘 나온다. 안 그러면 클론과 대화하는 신에서 얼굴이 반쪽만 나오기도 한다.) 그리고 조명부터 찾는다. 배우가 조명을 벗어나면 신을 통째로 다시 찍어야 한다. 대사는 실수하면 그냥 잠시 멈췄다가 다시 하면 된다.

감독을 맡아 보니 내가 배우로서 부담이 얼마나 적은지 감사할 줄 알게 되었다. 감독은 촬영장 전체를 이끌어 나가야 한다. 처음부터 끝까지 책임져야 한다. 고되고 지치는 작업이다. 그래서 배우가 제시간에 나타나고 대사와 동선을 잘 외우고 감독의 의견을 존중하고 적극적으로 참여하면 너무나 고맙다.

음향 팀과 작업하면서는 뭘 배웠느냐. 비행기가 머리 위를 지나가거나 주위에서 개가 짖을 때는 대사를 치지 않고 잠시 기다렸다가 잠잠해지면 다시 대사를 친다. 손은 마이크가 있는 곳에 절대 두지 않는다. 그랬다가는 쉭- 하고 옷깃을 스치는 거대한 소음이 잡힐 테니까.

조명은 내가 해본 일 중에서 단연코 가장 힘든 분야였다. 순 육체노동이기 때문이다. 이동할 때마다 육중한 C스탠드와 거기에 딸린 조명들을 옮기고 모래주머니를 날랐다. 나는 조명으로 연출을 배웠다고 해도 과언이 아니다. 진심이다. 뭘 찍고 싶은지 정확히 알 것, 다른 사람의 시간을 낭비하지 말 것, 최대한 효율적으로 촬영할 것. 그러면 제작진의 사랑을 한몸에 받는다.

감독으로서 제작 일정을 짜고 조감독(촬영장 제반의 세세한 일을 담당하는 사람이다)을 겸임하면서 나는 효율적으로 일하는 법을 배웠다. 원하는 것을 얻었다면 더는 욕심 부리지 말기, 쓰지도 않을 여유분을 만드느라 시간 낭비하지 말기(편집자로서의 나는 항상 여유분이 고프다), 빈틈이 생기지 않도록 계획대로 차근차근 진행하기. 그래야 배우가 9시에 불려와서 5시까지 대기하는 불상사가 발생하지 않는다.

골고루 일해 보면 각 분야가 어떤 일을 하는지, 필요한 게 뭔지, 어떻게 해야 효율성을 끌어올리면서도 즐겁게 일할 수 있을지 이해하게 된다. 어떤 산업에 종사하든, 어떤 분야에 뛰어들고자 하든, 구석구석 탐구하고 속속들이 알아보자. 모두가 원하는 일, 모두가 외면하는 일, 존재감조차 없는 일을 두루 시도해 보자. 방대한 앎의 세계가 눈 앞에 펼쳐질 것이다.

열심히, 그리고 똑똑하게 일하자

만나는 사람마다 '바쁘시죠?'라고 물어서 놀라곤 한다. 어쩌다 상대방이 그런 인상을 받았는지 모르지만, 사실이기 때문이다. SNS 업데이트와 유튜브 영상 업로드를 떠나서 내 삶은 갖가지 장기 프로젝트와 가망 없는 오디션, 향방이 불투명한 미팅으로 가득하다.

나는 주변에서 나를 바쁜 사람으로 보는 게 좋다. 일부러 빡세게 일하는 편이다. 나는 연예계에 입문할 때부터 내가 재능이나 매력으로 대성하기는 어렵단 걸 알았다. LA에서 살다 보면 자신의 콤플렉스를 **하나부터 열까지** 마주하게 된다. 엄청 예쁘고 성격까지 털털한 백팔십 장신의 미인들을 수시로 마주친다. 불공평하기 짝이 없다. 나는 미모에 지성까지 **겸비한** 그들을 우러러보는 짝짝이 눈썹의 난쟁이 똥자루가 된 것만 같다.

그래서 생각했다. LA에 있는 배우만 10만 명이니 나보다 더 특출나고 매력적인 사람은 쌔고 쌨다. 좌중을 휘어잡는 카리스마와 탐나는 대화의 기술을 갖춘 이들도 많다. 하지만 나는 다른 사람들에게는 없는 강점이 있다. 바로 투철한 직업의식이다. 나는 군인 아빠 덕에 어려서부터 엄격한 규율을 몸에 익혔다. 가끔은 그 때문에 아빠를 미워하기도 했지만 알고 보니 그것은 아빠에게 받은 가장 훌륭한 선물이었다. 책을 읽어도 페이지당 1센트씩 계산해서 받고

A학점을 받아오면 10달러를 받았다. 뭔가를 해내야 보상을 받는다는 개념이 내 안에 확고하게 자리 잡았다.

열심히 일하기는 쉽다. 나처럼 부모의 엄격한 훈육을 받았다면 더욱더 쉽다. 어려운 건 똑똑하게 일하기다. 몇 년 전만 해도 쓸데없는 프로젝트에 매달리고 배울 것도 없는 영상들을 제작하느라 허송세월했다. 또 다른 기회로 이어질지도 모르는 기회를 발로 차버리고 싶지 않아서 무조건 예스를 외쳤다. 이 부분은 잘 안 고쳐지지만, 예전에 비하면 지금은 거절도 곧잘 하는 편이다. 특히 그다지 끌리지 않는 프로젝트들이라면 거절하는 편이 훨씬 이득이다. 지불할 청구서와 먹여 살릴 고양이들이 있기에 쉽지 않지만, 나는 나름대로 똑똑하게 일하려고 노력 중이다.

똑똑하게 일한다는 것은 불사르지 않는다는 뜻이기도 하다. 프로젝트를 끝내야 하는데 일하는 시늉만 하고 있다면 밤을 새운다 한들 무슨 소용이 있으랴. 아무것도 성취할 수 없다면 일을 할 가치가 없다. 너무 바빠서 좋은 시간을 보낼 수 없다면 돈을 벌어 봐야 아무런 의미가 없다.

자기가 어떻게 일하는지를 파악하고 머리를 써서 더 효율적으로 일하자.

내가 뭘 하는지는 알고 하자

   낸시라는 전도유망한 젊은 감독과 작업한 적이 있다. 그쪽에서 인터뷰 요청을 해왔다. 간단한 촬영이고 길어야 한두 시간이라고 했다. 그땐 몰랐다. 그 한두 시간이 몇 날 며칠처럼 느껴질 줄은. 낸시의 우유부단함은 답이 없었다. 본인이 뭘 하고 싶은지, 어떻게 하고 싶은지 전혀 몰랐고, 계속해서 **다른 사람들**에게 어떻게 생각하냐고 물어봤다. 결국 45분이면 끝났을 간단한 인터뷰가 장장 세 시간이나 걸렸다.

   좀 짜증이 났다. 촬영 전에 계획은 했나? 자기가 뭘 원하는지 알고는 있나?

   촬영에 들어갈 때부터 낸시는 카메라 앞에서 영 서툴렀다. 계속 머리를 만져댔고 번번이 테이크를 끊고 중얼거렸다. '다음엔 무슨 질문을 하지? 이거 아까 물어봤나? 얘나, 무슨 질문이 좋겠어요?'

   나는 남의 권리를 대신 행사하고 싶지 않았지만, 내가 나서지 않으면 계속 갈피를 못 잡는 낸시에게 내 시간을 다 뺏길 것 같았다. 아니나 다를까, 내가 어딘가를 가리키며 저쪽이 밝고 조용하니 저기서 촬영하자고 제안했더니 내심 안도하는 눈치였다. 나는 카메라가 돌기 전에 낸시에게 질문을 떠먹여 줬고 재밌는 썰을 풀기 전에 어떻게 큐를 주라고 알려주었다. 그리고 끝나자마자 서둘러 그 자리를 빠져나왔다.

낸시는 분명 좋은 감독이 될 자질이 있었다. 하지만 그가 입버릇처럼 미안하다고 할 때마다 내가 다 민망했다. 애꿎은 촬영 감독에게 인터뷰 질문에 대한 의견을 구할 때도 마찬가지였다. 제작진의 심기가 점점 불편해지는 게 내 눈에도 보였다. 감독이자 리더인 낸시가 본인이 대체 뭘 하는지도 몰랐기 때문이다.

  나도 멋모르고 일을 했던 과거가 있기에 떳떳하지는 않다. 시간이 없다는 이유로 제안서를 제대로 검토하지도 않고 회의에 참석해 낭패를 본 일도 있고 저명한 사람을 만나면서도 검색 한 번 해보지 않아 뜻밖의 무례를 범한 적도 있다. 그렇게 해서 좋은 기회도 여럿 날렸다. 그런 식이면 아무리 허울이 좋더라도 무지하고 사려 깊지 못한 사람으로 찍히기 마련이다.

  그래서 내가 깨달은 바는 다음과 같다. 항상 만반의 준비를 하자. 구체적인 건 진부하고 시시하다는 오해를 받지만 언제나 먹힌다. 뭔가를 하기 전에 생각을 하라는 말이다. 원하는 결과를 미리미리 생각하자. 타인의 시간을 함부로 쓰지 말자.

  괜히 어렵게 배우지 말고 그냥 제대로 알고서 하자.

방법을 모르겠다면 아는 사람을 찾자

2014년 무렵 내 유튜브 채널은 꽤 성장해서 몇몇 의류업체에서 홍보를 위해 옷을 협찬해주기 시작했다. 공짜 새 옷은 촬영에 도움이 되니(매 영상에서 일인다역을 하는 나의 옷장이 얼마나 빨리 거덜 날지 상상해보라), 나는 기꺼이 거래를 받아들였다. 그러다가 아예 내 옷을 내가 홍보할 수 있겠다는 생각이 들었다. 그래서 고스트앤드스타즈Ghost & Stars라는 나만의 의류 라인을 런칭했다. 오래전부터 내 버킷리스트에 자리 잡고 있던 일이었고 마침 그 무렵 새 벤처 사업을 시작할 만큼 돈을 모아둔 상태였다.

나는 고스트앤드스타즈가 그 자체로 오롯이 인정받기를 원했다. 그래서 의류 디자인과 제작에 경험을 지닌 조력자를 물색했다. 배우는 과정에서 내가 저지르게 될 온갖 실수를 이미 겪어 본 사람이 필요했다.

그러다가 귀여운 동물을 콘셉트로 하는 소규모 의류업체의 운영자인 마우라를 만났다. 손수 그래픽 디자인을 했고, 쇼핑몰도 내 눈에는 꽤 잘 나가는 듯했다. 특히 직접 그린 귀여운 판다 일러스트가 내 마음을 사로잡았다. 마우라는 내가 찾던 적임자였다.

나는 마우라에게 사업 방식을 배우는 대가로 컨설팅 비용을 지급했다. 마우라는 옷을 탄생시키기까지의 과정을 처음부터 끝까지 보여주었다. 그 덕분에 시간을 **대폭** 절약할 수 있었다. 그렇게 고스트앤드스타즈를 런칭하는 데 계획한 5,000달러의 예산에서 1,000달러가 마우라에게 갔다.

컨설팅 비용은 한 푼 한 푼이 제값을 했다. 마우라가 없었다면 제조업체를 일일이 알아보느라 귀중한 시간을 날렸을 것이다. 경험자 덕분에 빠르고 효율적인 절차를 배웠다. 마우라가 추천해 준 프린팅 업체는 지금도 잘 이용하고 있다.

어떻게 하는지 모르겠으면 할 줄 아는 사람을 찾자. 나보다 능숙하고 현명한 사람을 찾아서 배우자. 사람들은 보통 지식을 공짜로 나눠주려 하지만 지식은 곧 힘이니 마땅히 대가를 치러야 한다(점심 한 끼나 커피 한 잔일지라도). 나는 마우라 덕분에 어떤 라벨프린터가 성능이 제일 좋은지, 어떤 택배 포장지가 내구성이 가장 좋은지 굳이 상품 평을 읽어 가며 비교하느라 시간 낭비할 필요가 없었다. 그 대신 디자인과 창작에만 매진해서 어디에 내놔도 자신 있는 제품을 만들었다.

시간은 돈보다 몇천 배는 소중하다.

제4장

사랑과 우정에 관해 해주고 싶은 이야기

보스에게는 갖가지 고충이 따르지만, 나는 내 일을 사랑한다. 창작의 자유를 사랑한다. 심지어 그 안의 책임감도 어느 정도는 사랑한다. 보잘것없었던 내 삶에 목적을 부여했으니까. 어릴 때부터 꿔온 꿈이니까. 그리고 이 여정을 끝내주는 여성 보스들과 함께하고 싶다. 그러니 당당히 어깨를 펴고 세상에 나가자. 열심히, 그리고 똑똑하게 일하자. 세상을 접수하고 다른 사람들에게 영감을 주자.

우리는 마음의 상처를 입었을 때 자기를 가장 잘 알게 된다. 나는 친구와 연인, 그리고 가장 중요한 나 자신과 단단하고 건강한 관계를 맺으려고 애쓰면서 많은 실수를 저질렀다. 무진장 많이. 여기서 극히 일부만 소개해 본다.

잃기 전까진 친구의 소중함을 모른다

나는 어릴 때부터 몇 년에 한 번씩 이 군사기지에서 저 군사기지로 이사 다녔다. 그래서 새 친구를 사귀는 법을 쉽게 터득했다. 거주지를 옮길 때마다 나는 전학생으로 시작해야 했다. 나쁘지 않았다. 2년에 한 번꼴로 새로운 정체성으로 새롭게 출발할 기회를 얻었다. 얼마든지 내가 원하는 사람이 될 수 있었다. 하와이에서는 발랄한 여자애로, 일본에서는 모험심 강한 미국인으로, 버지니아 주에서는 수줍음이 많은 모범생으로 살았다. 내 마음대로 자아를 변형할 수 있었다.

재밌었다. 내가 원하는 대로 사람들이 나를 바라봐 주었다.

내가 만들어 낸 내 모습이 싫어졌다면? 때려치우지, 뭐. 조만간 다른 곳에서 처음부터 다시 시작하면 되니까. 나는 그때그때 다른 성격을 장착했다가 마음에 안 들면 폐기할 수 있었다.

군인 자녀라면 누구나 빠르게 친구가 되는 법을 안다. 상대방의 몸짓과 말투를 따라 하고 칭찬(진심이면 더 좋음)을 퍼붓고 공통점을 찾으면 된다. 나아가 상대방과 취향이 겹치는지, 상대방의 부족한 점을 내가 보강할 수 있는지, 상대방이 지닌 '양'의 기질에 내가 '음'을 더해 줄 수 있는지 따져보는 것이다. 돌이켜보면 이런 기술이 훗날 배우가 되는 데 한몫하지 않았나 싶다. 나는 주변 환경에 어울리는 정체성으로 변신하는 데 익숙했다.

하지만 이러한 유년 시절은 성인이 되어서 실질적인 여파를 미쳤다. 나는 이렇다 할 정체성이 없었다. 친구 관계를 어떻게 지속하는지 몰랐다. 여태껏 그럴 필요가 없었으니까. 내가 어떤 사람인지 혼란스러웠다. 사람들은 대부분 주변의 기대에 따라 자아를 바꾸는 것을 정직하지 못하다고 여기지만 그게 내가 자란 방식이었다. 조금 과장스럽게 말하자면, 그게 내가 살아남은 방식이었다.

그래서 성인이 되어 LA에 왔을 때, 드디어 한곳에 뿌리를 내려 정착한다고 생각하니 무척 설레었다. 오랜 시간 함께 할 공동체를 만들고 싶어서 몸이 달았다.

어느덧 LA에서 산 지 7년이 넘었다. 내게는 최장기 거주지다. 하지만 그렇다고 주변 사람들과의 관계까지 7년 넘게 유지되지는 않았다. 얼마간 시간이 지나고 나서야 내 패턴이 읽히기 시작했다. 멋진 사람들을 만나 좋은 친구가 된다. 그러다가 2년쯤 지나면 나 혼자 툭 떨어져 나와 다른 무리에 합류한다. 이런 주기가 매번 반복되는 듯했다. 이제 전처럼 다른 곳으로 이사 가는 대신, 절친과 대판 싸우고 각자의 길을 갔다. 그리고 새로운 친구들을 찾아 나섰다.

나는 심리 상담사에게 고민을 털어놓았다. '왜 저는 친구 관계를 지속하지 못할까요?' '저에게 무슨 문제가 있는 걸까요?' 이 무렵 나는 상담 연차가 꽤 되어서 내면의 자기 파괴적 성향을 충분히 인지하고 있었다. '혹시 제가 무의식적으로 인생의 좋은 부분을 스스로 망가뜨리고 있는 걸까요?' '살아온 방식 때문일까요?' '유년 시절을 반복하려는 관성으로 2년 주기로 삶을 갈아엎고 새로운 사람으로 살고 싶은 것 아닐까요?'

상담사의 생각은 달랐다. 그는 내가 친구들과 멀어질 만도 하다며, 문제는 내가 감정적으로 학대하는 우정을 갈구하는 경향에 있다고 했다. 맞는 말이었다. 주변 사람들이 나를 이용하면 할수록 나는 그들을 더욱 만족시키고 싶었다. 가져갈수록 더 퍼주었다. 내가 왜 그러는지는 사실 지금도 잘 모르겠다. 그저 관심에 굶주린 피플 플레저라서? 거절이 나를 더 안달 나게 만드나? 정확한 원인은 아마 프로이트만이 알 것이다.

　내 입으로 말하기도 서럽지만 나는 단짝 친구가 없다. 일부러 안 만드는 게 아니다. 그 누구보다 간절하게 원한다. 애인과 싸웠을 때 전화할 사람, 주말이면 잔뜩 취해 90년대 영화를 보다가 다 먹지도 못할 배달 음식을 시켜서 함께 먹을 사람, 같이 쇼핑하면서 남들 뒷담화를 깔 사람, 무엇보다도, 내 사람이라고 부를 사람을.

　최근 한 3년 동안 그 한 사람을 찾으려고 애썼다. 플라잉요가나 임프라브 수업에서 나와 쿵짝이 맞는 사람을 발견하길 기대했다. 만나는 여자마다 무턱대고 말을 걸며 나를 좋아해 주길, 내게 전화번호를 주길 바랐다. 나 자신이 안쓰러울 정도였다. 차라리 추파에 가까웠다. 모르긴 몰라도 내가 딴마음을 품었다고 오해한 여자가 한둘은 있었으리라. "이번 주에 같이 저녁 먹고 영화 보러 갈래요?" 나 같아도 친구가 되자는 건지 연애를 하자는 건지 헷갈렸겠다.

　한 번은 지인과 함께 술을 마시고 좀 더 얘기를 나누려고 그 사람의 집으로 갔다가, 바닥에 설치되지 않은 폴댄스 장비가 있길래 설치를 도와주겠다고 했다. 취기가 올라 알딸딸한 상태로 그 집에 있는 새 댄스 기구 조립을 돕느라 새벽녘에야 그 집을 나섰다.

　나는 만면에 미소를 띠고 집으로 돌아왔다. 단짝 동성 친구를 향한 나의 갈망을 잘 아는 남자친구가 어땠냐고 물었다. 나는 뿌듯하게 대답했다. "당첨이야!" 그토록 찾아 헤매던 사람! 그 사람이 내 사람이 될 수 있을까? 나는 우리 앞에 어떤 미래가 펼쳐질까 기대하며 늦은 잠을 청했더랬다.

그날 이후로 나는 그 사람과 한 번도 만나지 않았다.

가끔은 내가 왜 대학을 자퇴했을까 쓸쓸한 후회를 한다. 고등학생, 대학생 시절에 맺는 우정이 얼마나 많은가. 하루가 멀다고 함께 어울리며 실수하고 성장해가는 경험은 감히 대체할 수도, 되풀이할 수도 없다. 성인이 되면 직장이나 일터에서 새로운 친구를 사귀기도 하지만, 집에서 일하는 나 같은 사람에게는 그마저도 어렵다.

나는 단순히 집에서 일하는 사람이 아니라, 스스로 정한 스케줄을 철저히 따르며 일하는 워커홀릭이다. 돌봐야 할 고양이가 무려 여섯 마리다. 내가 매일 교류하는 상대는 내가 고용한 사람들 아니면 고양이들이다. 풀타임 친구를 만들기란 쉽지 않다. 평등한 관계가 될 수 없다. 내가 과연 어디서 친구를 찾을 수 있을까?

누군가에게 우정을 강요한 적도 있다. 내 마음대로 장차 단짝 친구가 될 사람이라고 점찍어 놓고 문자를 보내 약속을 잡곤 했다. 거기까지는 좋았다. 만나면 즐거웠으니까. 그런데 어느 날 생각해보니 먼저 연락하는 사람은 나뿐이었다. 먼저 연락하지 않았더니 그대로 소식이 끊겼다.

그런가 하면 나와 친구가 되고 싶어서 먼저 다가오는 여자들도 있었다. 이토록 쉽게 친해질 수 있다니! 나는 뛸 듯이 기뻤다. 그들은 커피나 술을 마시자고 청했고 나는 신이 나서 약속을 잡았다. 하지만 그렇게 다가온 여자들은 대개 목적이 있었다. SNS상에 뭔가를 홍보해 주길 바라거나 공동으로 유튜브 채널을 개설하길 원했다(대게 미숙한 초짜들이었다).

이쯤에서 나처럼 명작 〈브로드 시티$^{Broad\ City}$〉[36] 속 우정을 원하거나 최근에 가까운 친구와 갈라섰거나, 타지에서 새로운 관계를 맺고자 하는 분들에게 조언 하나 하겠다. **우정은 절대 강요할 수 없다.** 친구가 되고 싶으면 먼저 적극적으로 다가가도 좋다. 하지만 너무 마음 졸일 필요는 없다. 우정은 대개 비슷한 경험이나 상황을 공유하면서 자연스럽게 이루어지는 것이지, 하루아침에 뚝딱 만들어지는 것이 아니다. 그럴수록 오히려 멀어지기 쉽다. 그리고 멀어지면 또 어떤가.

때로는 친구를 찾다 지쳐 포기하고 싶을 때도 있다. 어쨌든 파티에 참석하고(내향적인 나로서는 진이 빠진다), 누군가와 커피나 브런치 약속을 잡고 선망하는 여자들에게 먼저 다가가도 좋은지 고민하느라 에너지가 많이 든다. 하지만 여자 친구들과의 우정은 소중하다. 물론 실망할 때도 많지만 아무리 가벼운 관계라도 없는 것보다 낫다. 그 안에서 매번 나에 대해, 타인과의 관계에 대해 새롭게 배우게 되니까. 비밀을 털어놓을 사람이 없으면 얼마나 외로운지 잘 아니까 하는 얘기다.

---

36 뉴욕을 배경으로 두 이십 대 여성의 우정을 유쾌하게 그린 드라마다.

어쩌면 내 영상이 온라인상에서 그토록 많은 이들의 공감을 불러일으키는 이유도 그 때문일지 모른다. 내 절절한 외로움이 전해지니까. 우리는 서로의 슬픔을 공감하는 것이다. 나를 숨도 못 쉴 만큼 웃게 할 사람, 내가 못나게 굴 때 따끔하게 일침을 놓아줄 사람을 찾지 못한 슬픔을. 나에게 이상적인 단짝 친구는 그저 동물을 사랑하고 아침 10시에도 함께 술을 마셔줄 수 있는 사람이다. 아직 그런 사람을 찾지 못했지만 절대 포기하지 않을 것이다. 지원하고 싶다면 이력서를 받고 있으니 참고하시길.

과감히 끊어낼 때도 필요하다

나는 나에게 독이 되는 관계를 잘 끊어내지 못한다. 누가 나를 함부로 대할수록 더 그 사람의 마음에 들고 싶다. 내게서 뭔가를 취할수록 더 주고 싶다. 비단 나만의 문제는 아닐 것이다. 나와 똑같은 사이클에 빠지는 사람은 숱하게 많다. 누군가가 계속 나를 밀어내면 우리는 발을 동동거리며 외친다. '나 좀 좋아해 줘! 한 번만 기회를 줘!'

크리스티나가 죽고 나서 나는 버림받는 게 두려워졌다. 누구랑 싸워서 안 좋게 헤어지면 혹시 그 사람이 극단적인 선택을 할까 봐, 그러면 나 자신을 용서할 수 없을까 봐 불안했다. 그래서 인간 관계를 쉽게 놓지 못했다. 친구, 가족,

연인, 동료들을 언짢게 할까 봐 안절부절못했다. 그들이 아무리 내 인생에 해로운 존재라 해도.

LA에 와서 처음 사귄 친구는 델릴라라는 각본가였다. 델릴라는 연기 교실에서 내가 발표한 스케치를 눈여겨봤다며 나와 함께 작업해보고 싶다고 했다. 나는 뛸 듯이 기뻤다. 오랫동안 혼자서 스탠드업을 하다 보니 다른 사람과 작업하고 싶어 몸이 단 상태였다. 나는 델릴라에게 짧은 스케치를 선보였고 우리는 곧 단짝 친구가 되었다. 나는 사랑과 우정 모두 퍼주는 쪽이었다. 칭찬이든 선물이든 시간이든 관심이든 내가 가진 모든 것을 상대에게 쏟아부어야 직성이 풀렸다.

델릴라는 나와 달리 천성적으로 의심이 많았다. 게다가 대학 시절에 몇 차례 의료 소송을 겪은 뒤로 사람에 대한 피해망상이 심했다. 나는 델릴라가 의심을 키울수록 불안을 달래주고자 노력했다.

나는 델릴라를 모 케이블 방송 쇼케이스의 작가 팀에 소개하기도 하고 언젠가 델릴라가 흘리듯이 탐난다고 말했던 내 착즙기를 그냥 주기도 했다. 협업하기로 한 스케치 쇼는 편집, 연출, 마케팅, 재정 관리까지 내가 도맡아서 했지만 델릴라는 계약서를 들이밀었다. 델릴라의 변호사 친구가 작성한 그 서류에는 모든 권리를 절반씩 소유하는 것으로 되어 있었다. 나는 델릴라가 몇 가지 책임을 맡는다면 그 계약서에 동의하겠다며 나보다 소질이 있는 분야인 예산 관리를 맡아달라고 했다. 델릴라는 거절했다. 그 어떤 추가 업무도 거부하면서 내가 계약서에 서명해주기만 바랐다.

나는 마지못해 계약서에 서명했지만, 그게 끝이 아니었다. 한 수 접고 양보한 게 도리어 델릴라의 피해 망상에 불을 지폈다. 델릴라는 내가 어떻게든 자신을 망치려 한다고 확신했다. 우리는 전화기에 대고 한바탕 싸웠다. 나는 내가 믿을 만한 친구임을 여태껏 행동으로 보여주지 않았냐고 따졌다. "대체 내가 왜 널 망치겠어? 우린 단짝 친구인데."

델릴라의 말이 내 심장을 찔렀다. "아니, 우린 친구이기 전에 사업 파트너야."

얼마 안 가 우리는 절교했다. 그때 깨달았다. 델릴라는 내가 주는 걸 다 가져갔지만 내가 얼마만큼을 주든 결코 만족하지 못했으리란 걸.

나는 사랑이든 우정이든 그 관계가 내게 해로운지 파악하는 데 오래 걸리는 편이다. 하지만 해롭다고 깨달았을 때 단호하게 끊어내도 괜찮다는 것만큼은 안다. 이는 내 인생의 독을 제거하는 일이다.

나는 델릴라가 나쁜 사람이라고 생각하지는 않는다. 그 후로 간간이 소식을 주고받는데 다행히 잘 지내는 것 같았다. 델릴라는 자신의 피해 망상에 대해 사과했고 나도 이해가 됐기에 용서해 주었다. 어쨌거나 우리는 모두 과거의 트라우마로 이루어져 있으니까. 절교한 뒤로도 한두 번 가볍게 만날 기회가 있었는데, 그때마다 나는 우리가 다시 친구가 될 수 있을까 자문했다. 마음만 먹으면 브런치를 먹으면서 서로의 근황이나 앞으로의 계획을 나눌 수 있었다. 우리는 쉽게 다시 뭉칠 수 있는 사이였다. 예전처럼 밤늦게까지 함께 일하고 놀다 보면 향수를 품은 친숙한 느낌이 기어들어 올 것이며 다시 단짝이 될 수도 있을 것이다. 하지만 해로운 관계는 유지해 봤자 결국 내 손해다. 얼마간은 즐거울지 몰라도 결국 예전의 패턴으로 돌아가기 마련이다. 델릴라는 계속 나를 의심할 테고 나는 신뢰를 구걸할 것이다. 인생을 함께할 친구를 원한다면 나 자신을 가장 앞세워야 한다. 나를 나만의 단짝 친구로 대해야 한다.

나도 나를 제대로 챙겨주지 못하는데 남이 그래야 할 이유는 없으니까.

사랑의 본질

어린 시절 내 꿈은 (연기자를 제외하고) 누군가의 아내이자 엄마였다. 나는 사랑을 다룬 영화와 드라마, 로맨스 소설에 세뇌되었다. 뜨거운 사랑의 중독자였다. 순백의 드레스를 입고 식장에 들어서는 상상, 거울 앞에서 새 생명을 품은 배를 쓰다듬는 상상, 멋진 남편과 함께 끝없는 해변을 거니는 상상을 했다. 침대에 누워 청춘 소설을 탐독할 때는 미래 남자친구의 품에서 책을 읽는 내 모습을 상상했다.

사랑을 바라보는 내 관점이 얼마나 제멋대로였는지 알 만하지 않나? 누가 장장 몇 시간 동안 책 읽는 여자 친구를 껴안고 있겠는가.

쇼핑을 하거나 친구네 집에 놀러 가거나 학교 복도를 거닐면서도 내 눈은 끊임없이 **진정한 사랑**을 찾아 헤맸다. 나의 **소울메이트**. 나의 **운명**. 어딘가에서 나를 기다리고 있을 그 사람은 내 상상 속에서 흠 없이 완벽했다. 우리는 직소 퍼즐 두 조각처럼 빈틈없이 꼭 들어맞았다.

웩.

나는 열다섯 살 때부터 한 사람과의 영원한 사랑을 꿈꿨다. 연애는 필요 이상 질질 끌었다. 툭하면 머릿속으로 장대한 연애 서사시를 써 내려갔고 사귀던 사람이 한낱 '인간'일 뿐이라는 사실이 드러나면 몹시 실망하곤 했다. 어째서 그는 영원히 나만 사랑하는 불사의 뱀파이어가 아니며 초인적인 힘과 질투심을 지닌 늑대인간이 아니며 나에게 첫눈에 반해 프러포즈하는 백마 탄 기사가 아니란 말인가.

미쳐도 곱게 미쳤어야지. 나는 사랑이란 자고로 위태롭고 격정적이어야 한다고 믿었다. 연애 초반의 설렘이 사라지고 열정이 식으면 그것은 사랑의 종말을 알리는 신호였다. 때로는 애초에 사랑이 아니었다며 부정했다.

관계가 안정되고 일상이 되면 초조해지기 시작했다. **이 관계가 사랑이 맞나? 나는 여생을 이렇게 보내고 싶은가?** 나는 연인의 사소한 단점이라도 발견하면 그 단점까지 사랑하는 대신 그저 좋기만 했던 시절을 그리워했다. 완벽한 내 님은 어디로 갔나?

우리는 사랑을 잘못 배운 나머지 사랑에 비현실적인 기대를 한다. 내 연인이 완벽하길, 말하지 않아도 내 마음을 알아주길, 저 자신보다 나를 더 앞세우길 바란다. 그리고 상대방을 향한 본인의 감정도 절대 변하지 않을 거라고, 애쓰지 않아도 순탄하리라고, 해피엔딩은 정해져 있다고 낙관한다.

돌이켜보니 지난 연애들이 거의 다 그런 식이었다. 실제 눈앞에 존재하는 사람은 별로 좋아하지도 않으면서 그 사람에 관한 생각과 그가 보여주는 일면만을 사랑했다. 그것도 섹스 중독자, 간헐적 폭발성 장애 질환자, 무기력한 약쟁이 등 딱 봐도 끝이 안 좋은 사람에게만 끌렸다. 내가, 아니 나의 사랑이 그들을 '고칠' 수 있다고 착각하면서.

나에게 사랑은 역경의 동의어였다. 그간 접한 멜로 영화와 로맨스 소설은 하나같이 갈등으로 점철되어 있었으니까. 남주는 오해를 끌어안은 채 침묵해야 하고, 여주는 언제나 울면서 돌아서야 한다. 싸움은 필수 요소다. 운이 좋으면 빗속에서 싸운다. 빗속에서 화해하면 금상첨화고. 이런 상상들이 내 연애관을 형성해왔다. 역경은 제대로 굴러가는 관계의 방증이었다. 서로 언성을 높여 소리를 좀 질러대야 영화 〈노트북〉 수준의 참사랑이었다.

심리 상담을 받기 시작하면서 마침내 건강한 관계가 무엇인지 깨달았다. 서로 존중하고, 소통하고, 내가 원하는 게 무엇인지 명확하게 표현하고, 상대방이 최선을 다하도록 믿어주는 것이다.

알고 보니 진정한 사랑이란 꽤 지루한 것이었다. 늘 상대방을 지지하면서도 내가 바라는 바를 소홀히 하지 않는 것, 상대방을 향한 비현실적인 기대를 거두고 내 행복은 스스로 책임지면서 서로 좋은 친구가 되는 것이다. 사랑도 기브 앤드 테이크다. 그리고 **어려운** 일이다. 노력이 필요하다.

이런 얘길 누가 좀 미리 해줬다면 좋았을 텐데, 나는 십 대와 이십 대를 서로 지나치게 의존적이고 언어폭력과 감정 학대를 일삼는 관계 속에서 보냈다. 사랑이란 걸 지지리도 힘들게 배웠다.

내 말에 귀 기울이지 않는 사람은 버려라

내가 처음으로 진지하게 사귄 남자친구는 하와이에 살던 열다섯 살 무렵 친구 생일 파티에서 만난 앤드류다. 날 '마님'이라고 부르는 귀여운 서퍼가 미치도록 사랑스러웠다. 그는 나보다 두 살이 많았는데 학교는 건성으로 다니고 미래에 대한 계획이 없었다. 그 당시는 별로 개의치 않았다. 어쨌거나, 우린 십 대였으니까. 앤드류는 대책 없고 무모하며 자유로운 영혼이었다. 나는 앤드류가 '도움'을 요청하면 기꺼이 그의 숙제를 대신 해주었고 백지 공포증이 있다는 그를 위해 에세이를 대신 써주기도 했다. 요리도 싫어하면서 그를 위해서라면 군말 없이 팔을 걷어붙였다. 하긴 나처럼 공짜로 수발을 드는 사람이 있는데 자유로운 영혼으로 살기가 오죽 쉬웠을까. 사랑에 빠지면 바보가 된다지? 그건 우리 두 사람 모두에게 해당하는 말이었다.

열다섯. 호르몬이 **날뛰는** 시기다. 앤드류와 내가 집 앞 벤치에서 몇 시간이나 서로 아랫도리를 비벼댔는지는 차마 말해줄 수도 없다. 그 시간에 공부를 했다면 대학에서 전문 과정 하나를 이수하거나 책 한 궤짝은 읽었으리라. 그렇게 1년 반쯤 옷 위로 부비부비만 하다가 앤드류의 생일날, 나는 첫 경험을 했다.

앤드류의 방에서였다. 둘만 있는 것도 아니었다. 그의 가족이 집에 있었지만 꽤 오래 만났던 우리에게 아무도 신경 쓰지 않았다. 그때는 일생일대의 순간이라 여겼던 기억이 난다. 이제 나는 어린애가 아니라고. 어른의 세계로 넘어가는 문턱에 왔다고. 진정한 여자로 거듭나는 것이라고.

긴장은 했지만, 인터넷으로 남자의 성기를 본 적이 있기에 그리 놀라지는 않았다. 열세 살 때 집에서 전화선 모뎀으로 포르노를 처음 접했을 때는 잔뜩 졸았었다. 포르노 화면 속 페니스는 무시무시했다. B급 괴수 영화 〈불가사리〉가 떠올랐다. 그 힘줄이며 낯선 생김새라니, 마치 얼굴 없는 두더지가 앞뒤로 왔다 갔다 하는 것 같았다. 나는 앤드류의 페니스에도 기겁하곤 했다. 그래도 손에 쥐고 있으면 **따뜻**했는데, 앤드류는 일부러 거기만 씰룩 움직여서 놀라는 내 반응을 즐겼다.

하지만 첫 경험을 한 그날은 〈불가사리〉를 떠올릴 겨를이 없었다. 앤드류는 나를 자기 침대에 눕히고 콘돔을 꼈다. 내게 키스하며 사랑한다고 말해주었다. 얼마 뒤 나는 거기가 찢어지는 느낌을 받았다. 어디선가 읽은 바로는 분명 첫경험부터 즐기는 여자들이 있다고 했다. 그리고 승마 경험이 있다면 아주 높은 확률로 처녀막[37]이 이미 찢어져 있을 것이라 했다. 나는 무술을 배울 때 발차기를 하도 많이 해서 그것이 이미 오래전에 찢어졌으리라 예상했다. 오산이었다.

너무나 **불쾌**했다. 뭔가 잘못된 느낌이었다. 마치 그것이 있어서는 안 될 곳에 들어온 느낌이었다. 콘돔의 질감도 싫었고 위에서 겹쳐 누르는 몸뚱이가 버거워 숨이 찼다. 일단 너무 아파서 몇 분 만에 행위를 중단해야 했다. 페니스 하나로 이렇게 아프다면 나중에 여기로 애를 밀어내는 일은 **생각도** 하지 말아야지 싶었다. 꿈도 꾸지 말자고.

미리 침대 위에 수건을 한 장 깔아둔 게 그나마

---

37 오랜 세월 오해와 편견을 낳아온 '처녀막'의 대체어로는 질막, 질주름, 질둘레살 등이 있는데, 해부학상으로는 질둘레살이 가장 적확한 명칭이다. 민감한 부위이기에 출혈이 발생할 수 있지만 과격한 운동이나 삽입 섹스로 영구손상될 일은 거의 없다. 따라서 본 문장도 잘못된 상식이다.

다행이었다. 피가 약간 나왔기 때문이다. 앤드류가 뒤처리를 하는 동안 나는 멍하니 앉아있었다. 여인으로 거듭났다는 느낌은 없었다. 자유롭거나 섹시하게 느껴지지도 않았다. 그냥 끔찍한 실수를 저지른 어린애 같았다. 영화에서 본 로맨틱한 순간이 아니었다. 차라리 인터넷에서 본 포르노와 비슷했다. 거칠고 인위적이며 체액으로 난잡했다. 종합하자면, 실망스러웠다. 그나마 사랑하는 사람과 첫 경험을 했다는 사실이 위안이었다.

두 번째는 조금 나았다. 다섯 번째인가 여섯 번째쯤에는 실제로 즐겼고 섹스를 기대하기에 이르렀다. 그 당시에는 몇 번인가 오르가슴을 느꼈다고 **생각**했지만, 순 착각이었음을 한참 후에 클리토리스를 자극하는 장난감을 만나고 나서야 깨달았다(이건 딴 얘기지만).

앤드류와 나는 함께 텔레비전을 보고 해변에 가고 게임을 하며 허송세월했지만 더 많은 시간을 섹스할 장소를 궁리하고 물색하는 데 썼다. (흥미로운 사실 하나, 하와이는 십 대 임신율이 가장 높은 곳이다. 그렇다. 워낙 작은 섬이라 서로의 몸이 전부인 곳이다.)

중학생 때 알린이라는 친구가 있었는데 두 번이나 임신을 했다. 언젠가 알린이 학교 건물 밖 계단에 앉아 술을 진탕 마시고 있는 걸 보고 왜 그러냐고 물었더니 "임신 조절"이라는 대답이 돌아왔다. 나중에 깨달았지만 알린이 하고 있던 행위는 자체 유산 시도였다. 고등학교 2학년 때 또

한 번 임신한 알린은 엄마에게 '임신 조절' 행위를 들키는 바람에 며칠간 학교에 나오지 못했다. 알린은 결국 3학년 때 아이를 낳았다. 그 전에 캘리포니아로 전학 간 나는 다른 친구를 통해 그 소식을 들었다. 알린도 '낳을 때가 되었음'을 직감했다고 한다. 농담이 아니다. 하와이에서 그런 일은 비일비재했다. 내가 그 학교에 다닐 때 임신했던 여학생의 수를 짐작해본다면, 일단 두 자릿수는 확실하다.

혹시라도 이 글을 접한 정부 요직에 계신 분들께 전하는 말씀: 부디 고등학교에서 의무적으로 피임을 가르치게 해주세요. 금욕 말고요. 다들 아랫도리가 근질거리던 십 대 시절을 잊지는 않으셨겠죠? 호시탐탐 섹스할 만한 장소를 물색하던 시절, 다들 있잖아요? 십 대들에게 콘돔과 피임약을 주세요. 성욕을 주체하기 힘든 십 대에게 일장 연설을 해 봤자 씨알도 안 먹힐 테니까 설교는 됐고요.

앤드류와 사귄 지 1년이 넘어가면서 나는 서서히 끝이 보인다고 생각했던 것 같다. 앤드류는 자기 생일에 빛나는 빨간 스포츠카를 선물로 받았는데, 중고이긴 해도 꽤 근사했다. 하루는 그 차를 타고 해변에 가는데 출발하기 전에 우리 아빠가 앤드류에게 안전띠를 매라고 일렀다. 몇 번이나 단단히 주의를 주는 아빠가 완전 주책이라고 생각하면서 나는 눈알을 굴렸다.

한참 고속도로를 달리는데 가만 보니 앤드류가 안전띠를

안 매고 있었다.

"자갸, 안전띠 매." 내가 말했다.

"시러."

나는 그를 쳐다보며 말했다. "우리 아빠가 매라고 했잖아."

앤드류는 고개를 저었다. "사고 안 나."

"매는 데 뭐 얼마나 걸려? 2초? 아까 우리 아빠가 난리 치는 거 봤잖아. 그냥 좀 매."

앤드류가 내 쪽으로 고개를 돌렸다. "사고 날 리 없—"

아니나 다를까, 우주의 불가사의한 뜻에 따라 앤드류는 앞차를 들이박았다. 앤드류의 머리가 앞유리를 어찌나 세게 박았던지 유리에 금이 갔다. 계기판에 손이 부딪히면서 살갗이 찢어졌고 자동차 범퍼가 크게 찌그러졌다.

나는 목이 살짝 뻐근했지만 그만하길 다행이었다. 나는 안전띠를 매고 있었다.

천만다행으로 앤드류도 크게 다치지는 않았다. 하지만 보험 쪽은 타격을 입었다. 다른 차량의 후미를 들이받았기 때문에 전적으로 앤드류의 과실이었다. 보험사는 피해 차량의 손해만 충당해주었다. 보험사 조사원은 앤드류의 안전띠 미착용이 의심된다며 운전자 부주의에 의한 사고라면 앤드류의 치료비를 배상할 수 없다고 주장했다.

내가 사고의 유일한 목격자였기에, 앤드류는 내게 자신이 안전띠를 매고 있었다는 거짓 진술에 서명해달라고 빌었다. 사고 당시 충격으로 어찌어찌 안전띠가 풀리는 바람에 유리창과 머리가 함께 깨지는 불상사가 발생했다는 시나리오였다. 한마디로 나더러 거짓말을 하라는 것이었다.

나는 내 남자친구를 위해서 많은 걸 할 수 있었고, **이미** 많은 걸 했다. 숙제도 해주고 방 청소도 해주고 차에 기름도 넣어주고 요리도 해줬다. 기꺼이 내 시간과 몸과 마음을 바쳤다. 나는 사랑에 빠져있었다. 그리고 아까도 말했지만 사랑은 사람을 사리 분별이 어두운 바보로 만든다.

하지만 안 그래도 안전띠 착용 여부로 옥신각신하다가 '시러'라는 소리까지 듣고 사고가 난 마당에, 죽어도 공식 문서에다가 거짓말을 할 수는 없었다.

앤드류는 그저 내 말을 따라주기만 하면 됐다. 우리 아빠나 내 말에 한 번만 귀를 기울였다면 그런 골치 아픈 일은 일어나지 않았을 것이다. 앤드류는 자기 귀를 막았을 뿐 아니라 내게 거짓말을 종용했다. 생각할수록 화가 났다. 앤드류는 스스로 제 무덤을 팠다. 대체 뭘 위해서? 쿨해 보이려고? 그러나 이마에 꿰맨 상처나 달고 있는 꼴은 전혀 쿨해 보이지 않았다.

나는 단호하게 버텼다. 서명하지 않겠다고. 앤드류는 내게 애원하기도 하고 언성을 높이기도 했지만 나는 꿈쩍도 하지 않았다. 앤드류는 법을 위반했다. 본인의 잘못에 책임을 져야 했다.

나는 첫 연애에서 나 자신을 존중한 그때의 경험이

아직도 자랑스럽다. 스스로 발을 들이지 않을 선을 정한 것이다. 특히 자기가 전적으로 잘못해 놓고 남더러 누군가를 속이라고 종용하는 태도는 정말 아니었다. 나는 어떻게 하는 게 옳은지 내 마음의 소리를 듣고 그것을 따랐다.

결국 앤드류는 단념했고, 나도 앤드류를 끊어냈다.

피임약을 챙겨 먹자

어리고 돈도 없던 시절, 덜컥 임신을 했다. 당시 사귀던 남자를 '거시기^{Dick}'라 하자. 나는 스물한 살이었고 LA에 온 지 얼마 안 됐을 무렵이었다.

거시기를 만난 곳은 TV 촬영장이었다. 나는 백그라운드 아티스트(다른 말로 단역)였다. 촬영장에 처음 발을 들였을 때 그 웅장한 규모에 압도된 기억이 난다. 현장에서 알아들을 수 없는 용어들이 오갔고, 언젠가 나도 그 용어들을 유창하게 구사하리란 꿈에 부풀었다. 배우들이 동선을 확인하고 감독이 '액션'을 외치는 모습을 바라보며(나중에 알았지만 예산이 큰 제작물일 경우 큐 사인은 조연출이 담당한다), 이 세계의 일원이 되었다는 설렘과 흥분으로 벅차올랐다. 촬영장에서 단역 배우는 그저 배경 취급에 간식이라곤 사과나 바나나뿐이었지만 그래도 상관없었다. 마냥 행복했다. 지루하기 그지없던 강의실을 떠나 드디어

살아 숨 쉬는 촬영 현장에 입성한 것이다.

거시기를 처음 만난 그날, 지각한 나는 삼등 조연출에게 달려가 죄송하다고 말했다. 큰 키에 어두운 금발, 특히 청록색 눈동자가 매력적인 남자였다. 그는 괜찮다고 했고, 자기는 거시기라며 악수를 청했다. 대번에 호감이 갔지만 연애 상대로는 꿈도 꾸지 않았다. 키도 크고 잘생긴 데다 열 살 이상 나이 차가 났다. 아마 모델 같은 애들이랑 사귀겠지, 하고 혼자 철벽을 쳤다.

그날 일이 끝나 촬영장을 나서는데 거시기가 내게 다시 올 생각이 있냐고 물었다. 나는 한낱 배경일지라도 촬영장에서 일하는 게 좋았다. 누가 부를 때까지 구석에서 기다리면서 짬짬이 콩트나 각본을 끼적거렸다. 그 시간도 다 급여에 포함됐다. 게다가 공짜 밥이 나왔다. 99센트숍에서 장을 보고 코스트코 대용량 맥 앤드 치즈로 끼니를 때우던 시절이었다. 따뜻한 공짜 음식은 줄 때 안 먹으면 손해였다.

거시기는 촬영 때마다 나를 바로 투입할 수 있게 전화번호를 달라고 했다. 아니나 다를까 매주 섭외 전화가 왔다. 너무 좋았다. 단역으로 일하다 보면 세트장을 이리저리 옮겨 다녀야 한다. 하지만 한 세트에서 일하게 되면 배우나 제작진과 친해질 기회가 생긴다. 나는 그곳에서 나름 친구도 사귀고 인맥도 만들었다. 조명 팀에게 인물 배치나 색온도, 삼점 조명에 관해 물어보면 귀찮은 기색 없이 친절하게 대답해주었다. 음향팀이 왜 붐 마이크와 핀 마이크를 함께 쓰는지도 이때 배웠다. 영상 제작에 관한 나의 기술적 지식 대부분은 1년간 이 촬영장에서 일하는 동안 (쉴 새 없이 질문하며) 얻었다고 보면 된다.

거시기는 함께 일하기 좋은 상사였다. 단역들은 제작진이 고함을 지르거나 인간 이하로 대하는 데 익숙해져야 한다. 먹을 것도 제대로 안 챙겨주고 가끔은 혹독한 날씨에 외부 촬영을 해도 투명 인간처럼 방치되기 마련이다. 그렇게 서러울 수가 없다. 그런데 거시기는 달랐다. 통솔자로서 그는 한 사람 한 사람을 인격적으로 대우했다. 배경 역할을 하는 모두가 거시기를 좋아했다.

어느 날 퇴근하는 길에 거시기가 느닷없이 작업을 걸어왔다. 놀랐다. 꿈에도 생각지 못한 전개였고 그 순간 내 철벽도 무너졌다. 그가 들이댄다면 나를 여자로 생각한다는 뜻이고 나도 그에게 이성으로 끌리니 거칠 것이 없었다. 곧바로 나는 거시기에게 언제 밥을 사줄 거냐며, 웃는 이모티콘을 잔뜩 넣어 문자를 보냈다. 카고 배기바지 아래 숨은 그의 엉덩이를 은밀히 상상하면서.

당시 촬영장에서 친해진 레이철이라는 여자애가 있었는데, 우리는 뒤에서 몰래 거시기의 외모를 찬양하곤 했다. 어쩌다 레이철이 거시기와 복도에서 시시덕거리는 모습을 보면 질투가 나기보단 승리욕이 발동했다. 좋아, 더 적극적인 쪽이 차지하는 거야. 그때까지도 진지하게 승부에 임할 생각은 없었다. 하지만 그러던 어느 날 레이철이 말하길,

거시기가 1년 전 형을 잃었다는 것이었다.

그 순간부터 나는 특유의 과대망상을 바탕으로 거시기와 나를 주인공으로 한 연애 소설을 써 내려갔다. 두 생존자. 운명의 상대라는 계시. 우리는 서로의 고통을 이해할 수 있었다. 서로의 상처를 치유할 수 있었다. 내 머릿속에서 이미 우리의 유대감은 너무나 깊었다. 다른 누구도 이해할 수 없는 유대감이었다. 우리는 서로의 슬픔을 공유하며 인간의 태생적 연약함과 죽음의 본질을 이해하고 있었다.

나는 제정신이 아니었다. 배우와 사귀지 말라는 말은 나를 두고 하는 말이다.

그때부터 나는 거시기에게 엄청나게 들이댔다. 틈만 나면 '언제 데이트 신청할 거예요?', '우리 언제 저녁 먹어요?'라고 문자를 보냈다. 레이철과의 경쟁도 은근히 즐기는 한편(연적을 물리치고 내 사랑을 증명하리라), 스스로 만들어 낸 낭만적 설정에 진지하게 빠져들었다.

결국 거시기는 내게 넘어왔고, 우린 첫 데이트를 했다. 그가 나를 데려간 곳은 베니스비치에 있는 초밥집이었다. 저녁을 먹으면서 알아낸 바로 거시기는 명상을 좋아하고 감독 지망생이고 독서광이고 야외활동을 좋아하는 비혼주의자였다.

나는 마지막 항목에 대해 좀 더 구체적으로 말해 달라고 했다.

고개를 으쓱하며 그가 말하길, 일부일처제는 남자라면

절대 지킬 수 없는 구시대적 발상이라는 것이었다. 나는 사랑에 빠진 구제 불능 머저리가 대개 그렇듯, 거시기가 아직 제대로 된 사람을 만나지 못한 탓이라 여겼다. 과연 그는 대학 졸업 후 여자 친구에게 프로포즈했다가 거절당한 적이 있다고 했다. 역시 그랬군! 분명 다시 상처받기 두려웠을 테지. 나는 절대 상처 주지 않을 거야. 아니, 오히려 상처를 치유해줄 사람이지. 우리 사랑은 특별하니까.

거시기는 나를 집에 데려다주면서 주먹 인사를 건넸다. 이 알쏭달쏭한 제스처는 그를 향한 집착에 더욱 불을 지폈다. 나는 어이없게도 이런 생각을 했던 듯싶다. 나중에 우리 손주들에게 들려주기 딱 좋은 이야기잖아! '너희 할아버지가 첫 데이트 때 날 데려다주면서 글쎄, 주먹 인사를 했단다. 쉬운 남자로 보이기 싫었던 게지.'

촬영장에서 거시기와 꽁냥거릴 기회는 별로 없었다. 거시기는 정신없이 바빴고 일터의 분위기상 대놓고 연애질할 처지가 아니었다. 하지만 나는 이미 그와 진지한 관계를 원하고 있었다. 한 번은 거시기가 레이철의 어깨를 쓰다듬으며 시시덕거리길래, 홧김에 한 남자 배우에게 내 전화번호를 줬다. 사실 나는 촬영장에 있는 시간 대부분 거시기의 벗은 모습을 상상하느라 바빴기에 그 사람이 배우라는 사실조차 몰랐다. 나처럼 단역이겠거니 하고 몇 마디 주고받았는데, 알고 보니 고정 출연 배우였다. 근데 그게 뭐 어때서? 내가 배우에게 전화번호를 줬다는 얘기를 듣고 거시기가 따졌다.

"그 사람한테 번호 줬다며?"

"왜요, 질투 나요?"

"그 사람 의사 역할 맡은 배우야! 너 잘릴 수도 있어."

단역 배우가 다른 배우한테 전화번호를 준 게 잘릴 만한 일인지는 모르겠지만 윗사람들이 나를 잠재적 스토커로 여길 수도 있다는 점은 확실했다(틀린 말은 아니었다. 그들은 단지 엉뚱한 남자를 짚었을 뿐).

나는 연애관도 청개구리식이어서 '나를 원하는 남자를 만나라'는 연애서 기본 공식을 무시하고 내가 원하는 남자를 쫓아다니느라 많은 세월을 허비했다. 이런 기질은 예나 지금이나 변한 게 없다. 원하는 바가 있으면 바로 손을 뻗어야 직성이 풀렸다. 안 그랬다가 후회하는 쪽이 더 두려우니까. 하지만 저돌적으로 애정 공세를 펼치는 쪽이 여자 쪽이라면 상대방은 위협을 느낄 수 있다. 이미 친구 여러 명으로부터 '공격수'란 별명을 얻었다. 여성 사업가에겐 유리한 덕목이지만 연애 사업이라면 얘기가 다르다. 어쨌든 나는 초고속으로 상대에게 돌진하는 쪽이었다. 머리로만이 아니라 행동으로도.

이러한 나의 기질을 아는지 모르는지, 거시기는 결국 나를 좋아한다고 고백했다. 우리는 함께 밤을 보내고 다음 날 일터에서 문자를 주고받는 사이가 되었다. 그는 내게 아픈 과거도 털어놓았다. 형을 자살로 잃었다는 것이었다.

내가 동생을 잃은 것처럼! 이제 우리의 만남은 단지 우연이 아니라 하늘이 맺어준 인연이었다.

거시기와 2년간 사귀며 여러 변화가 있었지만 한 가지 꾸준했던 점이 있다. 그는 석 달에 한 번꼴로 바람을 피웠다. 석 달에 한 번꼴로 그 사실을 인정하고 울면서 내게 미안하다고 빌었다. 자신의 외도를 형의 자살로 상처받아 망가진 탓으로 돌렸다. 나는 이를 우리의 사랑을 시험하기 위한 시련이라 여기며 순전히 자기 파괴적 행동으로 치부했다. 나도 겪어봤잖아. 안 그래? 따지고 보면 나도 같은 이유로 스탠드업 코미디를 때려치웠으니까. 삶의 낙이 생길라치면 죄책감 때문에 일부러 더 망쳤잖아?

비록 연쇄바람마 거시기였지만 좋을 땐 더없이 좋았다. 우린 배꼽 빠지도록 웃기도 하고 둘만의 이상한 놀이를 만들어 냈으며 별별 이야기를 다 했다(뻔한 이유지만 특히 죽음에 관한 얘기를 많이 나눴다). 그는 이해심이 많고 다정한 구석이 있었다. 툭하면 형 때문에 울었고 나는 그때마다 달래주었다. 심지어 거시기를 위해 노래도 만들었다(불러줄 땐 왠지 쑥스러워서 눈을 감으라고 했지만). 거시기에게 너무 깊이 빠진 나는, 그가 개방적 관계^{open relationship}38를 제안했을 때도 차마 거절하지 못했다.

하지만 역시 싫었다. 한번 다른 남자랑 자봤지만(거시기의 부추김으로!) 심리적으로 혼란스럽기만 했다. 잘 모르는

---

38 상대방 동의하에 여러 사람과 자유롭게 즐기는 연애 방식을 뜻한다.

사람과의 섹스는 내게 맞지 않았다. 연애 감정 없이는 누군가와 몸을 섞을 수 없었다.

　나는 거시기와의 중독적 관계를 끊어내긴커녕 피해 망상에 시달리는 염탐꾼이 되었다. 그가 집을 비운 사이 사생활을 샅샅이 파헤쳤다. 휴대전화 잠금 번호까지 알아내 그가 잠들 때까지 기다렸다가 문자 내용을 일일이 확인했다. 좋은 게 나올 리 없었다. 여자들이 보낸 야한 사진들에 나는 소리를 지르며 거시기를 깨웠다. 그는 사생활을 침해했다며 도리어 화를 냈고 악순환은 이어졌다.

　알고 보니 그는 섹스 중독이었다. 컴퓨터 기록을 추적해보니 처비 체이서chubby-chaser39 사이트를 돌아다니며 음란물을 올린 사실이 드러났다. 그가 메일을 주고받은 여성들의 몸매는 참으로 가지각색이었다. 그때까지만 해도 나는 나 정도로 예쁘고 똑똑한 애가 왜 그의 관심을 붙잡아 두지 못하는지 이해할 수 없었다. 왜 나 말고 다른 여자가 필요할까? 하지만 지금 생각해보면 모두 아귀가 맞는다. 내가 부족했던 게 아니었다. 아니, 내가 아닌 누구라도 부족했다. 거시기의 욕구는 뭘로도 채울 수 없었다.

　이런 노골적인 적신호에도 나는 거시기와 장장 2년 반을 함께했고, 그사이 나는 임신을 했다.

　피임약을 꼬박꼬박 챙겨 먹지 않았던 건 사실이다. 나는 동시에 네 가지 일을 하고 있었다. 짬짬이 코미디 수업과 연기

---

39 과체중인 사람에게 성적으로 끌리는 사람을 가리킨다.

수업을 듣고 매주 유튜브 동영상도 올렸다. 밤늦게 자고 아침 일찍 일어나는 나날이 이어졌고 아침에 급히 나가느라 약을 거르는 경우가 종종 있었다. 그래 봤자 뭐 별일이야 있겠어? 어차피 임신하지도 않을 텐데. 나는 이미 동생을 잃은 비극을 겪었다. 설마 우주가 나한테 그렇게까지 짓궂기야 하겠어?

어느 날 아침, 샤워하는데 젖꼭지가 이상했다. 순간 딱 감이 왔다. 그 길로 편의점에 들러 곧바로 물건을 집어들어 계산했다. 되도록 점원과 눈을 마주치지 않으려 애쓰면서. 그리고 곧장 화장실을 찾아 들어가 세 차례나 오줌을 누었다. 그렇게 짐작했던 사실을 두 눈으로 직접 확인했다. 스마일 표시. 스마일 표시. 개같은 스마일 표시!

거시기와 나눈 대화(같지도 않은 대화)는 간단했다. 거시기는 자기 여동생도 몇 년 전 낙태를 했는데 성인이 된 지금 복중에 건강한 태아를 품고 있다고 했다. 그러니 나도 걱정할 필요가 없단다. 자기는 지금 아이를 갖기에 적절한 시기가 아니니, 나중에 내가 훨씬 더 나이를 먹으면 다른 남자와 함께 아이를 가질 수 있을 거라 했다.

농담이 아니다. 이 후레자식은 제 입으로 내가 다른 남자와 아이를 갖게 될 거라고 했다.

한편 이 상황을 당장 어떻게 타개할지에 대한 진지한 논의는 없었다. 거시기에게 선택지는 오직 하나였다. 낙태. 그에 반해 난 확신이 서지 않았다. 숙고할 시간이 필요했다.

하물며 나는 그동안 주변에 낙태하는 친구들을 속으로 손가락질했던 장본인이었다. 어떻게 엄연한 생명을 파괴한단 말인가? 그것도 절반은 내가 만들어 낸 생명을? 입양 보낼 생각은 해 보지도 않았나? 어떤 이기적인 인간이 피어나지도 않은 생명을 짓밟는단 말인가? 참으로 오만하기 짝이 없는 생각이었다.

하지만 이미 엎질러진 물이니 나도 그들과 마찬가지로 현실적인 질문에 답해야 했다.

- 나는 진정 엄마가 될 준비가 되었는가? 아니오.
- 거시기는 아빠가 되길 원하는가? 아니오.
- 아이를 키울 만큼 재정적으로 튼튼한가? 아니오(고양이 세 마리를 먹여 살리기도 빠듯했다).
- 아이를 키우기 위해 고양이들을 포기할 수 있는가? 아니오.
- 둘 다 원치 않았던 아이를 위해 커리어를 포기할 수 있는가? 아니오.

만약 아이를 낳게 되면 내 꿈을 펼치는 데 걸림돌이 되었단 이유로 아이 탓을 할지도 몰랐다. 거시기는 나와 결혼하지 않을 테니 아마 나는 싱글맘이 되겠지. 비슷한 상처가 있는 두 사람만이 서로를 치유할 수 있다는 망상에서 여전히 벗어나지 못한 채. 결국, 나는 거시기와 같은 결론에 도달했다. 우리 둘 다 부모로 부적격이었다. 거시기가 속으로 주먹 인사를 날리는 모습이 눈에 선했다.

우리는 함께 가족계획연맹Planned Parenthood40을 방문했다. 내가 진료를 보는 동안 거시기는 대기실에서 기다렸다. 의사는 내가 임신한 지 겨우 일주일밖에 되지 않았다며 내 젖꼭지의 육감에 깊이 탄복했다. 그리고 알약 하나를 건네면서 앞으로 몇 시간은 쥐어짜듯 격렬한 복통과 함께 심한 하혈을 할 테니 오늘 하루는 집에서 푹 쉬라고 당부했다. 나는 알약을 먹고 감사 인사를 하며 진료실을 나왔다. 거시기는 대기실에 없었다. 전화도 받지 않았다. 거시기를 기다리는 동안(그가 집까지 데려다줘야 했으므로) 요기라도 하려고 근처 가게에 들어갔다.

의사가 약에 대해 미처 말해주지 않은 부분이 있었다. 바로 극심한 메스꺼움을 유발한다는 점이었다. 나는 황급히 가게 안에 비치된 쓰레기통을 부여잡고 구토를 했다. 매장 안의 모든 이가 경악스러운 표정으로 날 바라봤다. 나는 당황한 나머지 소리쳤다.

"죄송해요! 입덧이 심해서!"

솔직히 말하자면, 그 순간 극적으로 바뀐 분위기가 싫지 않았다. 역겨움에 일그러졌던 표정들이 삽시간에 온정 넘치는 얼굴로 탈바꿈했다. 계산대에 앉아있던 직원은 곧바로 뛰어와 등을 두드리며 물을 챙겨주었다. 여자애들의 눈에는 존경심마저 감돌았다. 오, 임신. 이는 분명 내가

---

40 생식 건강과 관련한 의료 서비스를 제공하는 비영리 단체로 미국 각지에 클리닉을 두고 있다.

누군가에게 사랑과 보살핌을 받고 있다는 뜻이리라.

솔직히 말하는 김에 덧붙이면, 사람들이 나를 임산부로 여기는 게 은근히 좋았다. 실제로 부른 배를 안고 돌아다니면 사람들이 나를 어떻게 대할까 궁금해졌다. 어딜 들어갈 때는 앞다퉈 문을 열어주고 먹을 걸 사주는 사람도 있겠지. 가만 보면 사람들은 임산부에게 막 공짜 음식을 주고 그러던데(#몽상).

만삭인 나를 상상해봤다. 아이를 기르는 모습도 떠올려봤다. 전혀 다른 길을 걷는 내 모습을 그려봤다. 하지만 그 길을 걷기 위해서 꼭 필요한 한 가지가 있었다. 나를 진정으로 사랑하는 사람, 그 한 걸음 한 걸음을 곁에서 함께할 사람, 내가 진료실을 나설 때 그 자리를 오롯이 지키고 있을 사람이.

나는 그 순간 내가 엄마가 되길 원한다는 사실을 깨달았다. 다만 아직은 때가 아니었다. 이 세상에 아이를 내놓는다면, 그 아이에게 가장 좋은 기회를 주고 싶었다. 아이에게 아낌없는 사랑과 관심을 줄 수 있는 자리에 있고 싶었다. 나를 사랑하는 사람의 곁에서 엄마가 되고 싶었다. 나와 함께 아이를 원하는 사람의 곁에서.

한참 만에 거시기가 나타나 나를 집에 데려다주었다. 나는 그날 뜨거운 물주머니를 껴안고 넷플릭스 다큐멘터리를 보며 세 시간가량 하혈과 복통, 차오르는 눈물과 씨름해야 했다. 거시기는 최선을 다해 나를 챙겼다. 이는 평소보다 자주 문자를 보내 괜찮으냐고 물어봤다는 뜻이다. 애초에 그가 해줄 수 있는 게 별로 없긴 했지만, 그저 꼭 껴안아 주길 바라던 내 작은 기대도 충족하지 못했다.

나는 누워서 스스로 지워버린 생명을 생각했다. 남자였을까 여자였을까? 어떤 아이였을까? 그 아이가 자라서 나중에 불치병을 치료했다면? 만약 총기 난사범이 되었다면? 그렇다면 나는 끔찍한 재앙을 미리 막은 영웅인 셈이지. 수많은 가상 시나리오가 머릿속에 펼쳐졌다. 과연 옳은 일이었을까. 살인을 한 건 아닐까. 나는 이제 나쁜 사람인가. 다시 아이를 가질 수 있을까.

과대망상은 그만두기로 했다. 내가 아이에게 해줄 수 있는 최선은 낳지 않는 것이었다. 아이는 적어도 내가 어릴 때 받았던 사랑을 누릴 자격이 있었다. 적어도 함께 가족을 꾸릴 준비가 된 부모의 사랑을. 나는 울었다. 그런 미래를 내가 얼마나 절절히 원하는지 통감하면서. 언젠가 그 꿈이 이루어질까? 혹시 낙태약이 잘못되어서 영원히 불임으로 남진 않을까?

서서히 통증과 하혈이 멎어 들자 나는 배를 쓰다듬으며 맹세했다. 다시는 이 짓을 겪지 않으리라. 이다음에 임신하게 되면 필시 준비가 되었을 때리라.

다행히 그때 이후로 임신한 적은 없다. 짝짝짝!

이제는 **혹시라도** 가능성이 있을까 염려되면 차선책, 사후 피임약을 갖춘다. 나는 그간 내게 낙태 사실을 털어놓았던

학창 시절 친구들에게 속으로 사과했다. 그리고 아직도 문득 그날 내 젖꼭지를 떠올리면 신통하기만 하다. 미친! 젖꼭지가 그걸 어떻게 알았을까? 영화 〈퀸카로 살아남는 법〉의 카렌[41]도 아니고. '칠십 퍼센트의 가능성으로 넌 이미 임신이야.'

아무튼 사태가 일단락되자 거시기는 살며시 내 손을 잡았다. 그리고 내 머리카락을 쓸어넘기며 내 눈을 보고 말했다. "그럼, 낙태 비용 절반은 어떻게 갚을래? 일주일에 10달러씩 할부로 줄래? 아니면……."

이때 바로 헤어졌으면 얼마나 좋았을까.

하지만 그러지 못했다.

나는 여전히 거시기가 영혼의 단짝이라고 믿었다. 내가 겪은 모든 고통을 이해할 수 있는 유일한 사람이라 믿었다. 그도 마찬가지일 거라고 여겼다. 그의 훈훈한 외모는 물론 그의 냄새와 눈동자 색을 사랑했다. 거시기는 나를 불교 명상 센터에 데려가 내가 스스로 가두고 있던 신체적, 정신적 한계를 넘어서게 해 준 사람이었다. 내가 일주일 묵언 수행을 떠나게 해 준 장본인이었다. 웃기지만 그는 같이 가기로 해놓고 막판에 혼자 취소했다. 더 웃긴 것은 내가 그 묵언 수행 덕분에 비로소 그를 떠날 힘을 얻었다는 사실이다. 내가 집에 돌아온 지 며칠 뒤, 거시기는 아침나절부터 우리 집에 찾아와 질질 짰다. 또 바람을 피운 것이다. 내가 일주일간

---

41 '금발'이라는 외형적 특징의 고정 관념을 따르는 빈틈 많은 캐릭터. 가슴으로 날씨를 예측할 수 있는 능력을 지녔으며 어맨다 사이프리드가 연기했다.

조슈아트리 국립 공원에 있는 외딴 사찰에서 조용히 걷거나 앉아서 명상하며 하루를 보내는 동안 거시기는 술집에서 여자들을 꼬셔 뒹굴고 다녔다. 나는 장장 7일을 완벽한 침묵 속에서 (실은 인간의 목소리가 너무 그리워 거시기에게 몰래 두 차례 전화했지만) 지냈다. 장장 7일을 나와 마주 앉고, 나와 나란히 걷고, 나와 동고동락했다. 명상을 마무리하던 날, 마침내 타인과 대화를 할 수 있게 된 그 날, 나는 비로소 내가 어떤 존재인지 깨달았다. 수행자들은 빙 둘러앉아 자신의 경험을 함축시킨 단어를 하나씩 말하기로 했다. '사랑' '합일' '발견' 등등이 이어졌다. 내가 마지막 차례였다. 나는 〈메리 포핀스〉에 나오는 유명한 단어를 내뱉었다.

"슈퍼칼리프레자일리스틱스익스피알리도시오스."

모두 박장대소했다.

그때 깨달았다. 이게 나다.

나는 사람들을 웃게 하는 사람이다. 그 순간은 내가 어떤 사람인지 백 퍼센트 확신하는 몇 안 되는 순간 중 하나였다. 나는 진정한 평화를 느꼈다. 수치나 교만, 짜증 없이 나를 온전히 사랑하는 느낌.

내 인생 가장 연약하면서도 선명한 자기애를 느끼던 그때, 거시기는 다른 누군가에게 자기 거시기를 들이밀고 있었다.

그날 이른 아침, 거시기가 현관 앞에 나타나 울면서 용서를 빌 때 비로소 생각했다.

좇까.

미워서가 아니었다. 황야에서 이레간의 묵언 수행 끝에 비로소 자존감을 되찾은 것이다. 나는 이보다 나은 사람을 만날 가치가 있다. 석 달에 한 번씩 바람을 피우지 않는 사람, 자신을 사랑하는 만큼 나를 사랑해 줄 사람, 아이를 지우자마자 비용 분담부터 따지지 않는 사람을. 나는 거시기를 꼭 안아주며 이제 우리는 끝이라고 말했다.

그래서…… 오늘 피임약 챙겨 드셨나요?[42]

데이트폭력은 인정하기가 가장 어렵다

나는 거시기와 헤어진 뒤로 나 자신에게 집중하고 싶었다. 사막에서 아름다운 경험을 하고 돌아왔으니, 거기서 발견한 지혜를 최대한 활용하고 싶었다. 당분간 싱글로 지내면서 혼자만의 시간을 보내야겠다고 다짐했다.

그때 캐머런을 만났다.

캐머런은 자수성가한 사람들 특유의 자신감이 있었다. 재밌고 잘생겼고 그걸 본인도 잘 알았다. 예리하고 솔직했다.

---

42 피임의 종류는 많다. 경구피임약은 기본적으로 호르몬제이고, 원리는 배란을 억제하여 생리 주기를 중단시키는 것이다. 피임이 주목적이지만 여드름, 월경전증후군, 월경통, 월경과다, 생리불순 등의 치료에 쓰이기도 하고 각종 여성 암 위험을 줄여주기도 한다. 부작용을 둘러싼 편견이 있지만 오히려 긍정적인 면이 많아 올바른 사용으로 자기 몸을 더욱 건강하게 지킬 수 있다. 다만 본인의 몸 상태와 기저질환을 숙지하고 정확한 용법에 따라 복용해야 가장 안전한 약효를 얻을 수 있다.

우리는 순식간에 서로에게 끌렸다.

진도도 빨랐다. 만난 지 3개월 만에 살림을 합쳤다. 사귀고 첫 6개월은 환상적이었다. 날마다 섹스했고 자주 놀러 다녔으며 서로에게 깊이 빠져있었다. 캐머런은 똑똑하고 사려 깊고 나를 웃게 했다. 나는 그를 존경했다. 이렇게 좋은 사람이 있다니, 믿기지 않았다.

아니나 다를까, 어쩌다 가끔 다투게 되면 캐머런은 집을 박차고 나갔다. 전화를 걸면 핸드폰을 꺼버렸다. 나는 캐머런이 돌아오거나 다시 전화해줄 때까지 울기만 했다. 연애 초반의 좋은 시기가 지나자 그는 멀어졌다. 일에만 몰두했고 일 얘기밖에 안 했다. 자기 사업과 동료들 때문에 속상해했고 그것들을 우리의 오붓한 밤을 망치는 주범으로 몰았다.

내가 처음으로 공황 장애를 겪은 것은 그와 함께 있을 때였다. 식당에 앉아있는데 갑자기 숨이 가빠졌다. 내게 무슨 일이 일어나고 있는지 알 수 없었다. 원인 모를 두려움에 숨은 턱턱 막히고 심장이 쿵쿵 뛰었다. 캐머런은 어찌할 바를 몰랐고 나는 제대로 말도 못 했다. 일단 계산서를 요청하는 그를 내가 저지했다. 캐머런은 당황했다. "가자는 거야, 말자는 거야?" 나도 몰랐다. 그저 얼어붙은 채로 앉아 끔찍한 느낌이 물러가길 바랐다. 나는 조금만 더 앉아있자고 말했지만 캐머런은 어쨌든 계산부터 했다.

가까스로 레스토랑을 나왔지만 그는 의사 표현을

제대로 못 하는 내게 신경질을 냈다. 원하는 게 뭐냐고, 왜 이렇게 까다롭게 구냐고 언성을 높였다. 하다못해 '쌍년' 소리까지 나왔다. 나는 그의 태도에 놀랐다. 캐머런도 공황 장애를 앓았던 사람이었다. 그는 이따금 밖에서 사람들과 어울리다가 나와 똑같은 증상을 호소했고 그때마다 나는 그를 조용한 곳으로 데리고 나가 안정을 찾을 때까지 곁을 지켰다. 캐머런은 본인이 그토록 잘 아는 증세를 내게서 발견하지 못하고 그저 내가 까다롭게 군다고 여긴 것이다.

나는 그의 곁에서 살얼음 위를 걷는 것 같았다. 언젠가는 부엌에서 노래를 부르고 있는데 갑자기 욕실 쪽에서 새된 비명이 들렸다. 나는 혹시 캐머런이 넘어져서 어디 부러지기라도 한 줄 알고 허겁지겁 달려가서 괜찮으냐고 물었다. 그러자 욕실 문 너머로 그가 말했다. "씨발 좀 닥쳐. 노래 부르지 마." 내가 그를 열받게 한 것이었다.

나는 물론, 울기만 했다. 캐머런은 미안하다고 사과했다. 나는 그가 스트레스를 심하게 받았거나 배가 고파서 홧김에 소리를 지른 것이려니 하고 용서해 주었다. 하지만 평화가 지속되는 것은 내가 또 다른 일로 그를 열받게 할 때까지뿐이었다.

가족과 친구들은 틈만 나면 내게 경고했다. 친구 하나가 말했다. "그 사람은 네 빛을 끌어내리는 닻이야." 나는 과장이 심하다며 웃어넘겼고, 캐머런에게도 농담 삼아 말했다. 캐머런은 앞으로 그 친구와 만나지 말라며 길길이

날뛰었다. 나는 순순히 고개를 끄덕였다. 내 연애를 응원하지 않는 사람과 뭐하러 우정을 유지해?

우리 가족도 그를 탐탁지 않게 여겼다. 가족 모임에 초대해도 그는 거의 얼굴을 비추지 않았다. 어쩌다 한번 참석하면 뚱한 얼굴로 자리만 지켰다. 우리 가족이 애써 말을 걸어도 단답형 대답만 돌아왔다. 심지어 한번은 "난 네 친구나 가족한테 좆도 관심 없어."라고 했다. 나는 그저 그가 심통을 부리는 것이지, 진심으로 한 말은 아니라고 생각했다.

우리의 마지막 다툼은 내가 그의 회계 장부를 정리해 줄 때 벌어졌다. 그가 몇 달 전에 일해 놓고 보수를 받지 못한 건이 있길래 알려줬더니 도리어 분통을 터뜨렸다. "씨발, 넌 대체 네가 뭔 소리를 하는지 알기나 해, 어?!"

그 말에 상처를 받기보다는 황당했다. "뭐라고?" 나는 허탈하게 되물었다. "아니 내 말은……"

"이 얘기 다시 꺼내기만 해!"

그 순간 정신이 들었다. 자기가 깜빡한 돈을 찾았다고 말해주는데 도리어 **호통을 쳐?** 이 남자는 앞으로도 나를 절대 존중하지 않을 것이다. 앞으로도 계속 나에게 소리를 지를 것이다.

이게 내가 원하는 관계인가?
내가 꿈꾸는 결혼 생활인가?
아니. 이딴 걸 누가 원해?

우린 끝이다.

심리 상담을 1년 가까이 받으면서도 나는 내가 데이트 폭력의 피해자라는 사실을 인정하지 못했다. 뭔가 잘못되었다고 느끼면서도 늘 한편으로는 '그래도 때리지는 않으니까 폭력은 아니잖아, 안 그래?'라고 생각했다. 교묘한 기만, 질투, 지배욕, 지속적인 트집이 학대인 줄 몰랐다. 벌컥 화를 내고 소리 지르고 깎아내리고 수치심을 안기는 행위가 폭력인 줄 몰랐다. 그의 행동이 도를 지나친다 싶으면 내가 대신 변명하고 속으로 합리화했다. 심리 상담사가 감정적 데이트폭력이라고 딱지를 붙여도 내 딴에는 피해자라는 **느낌이 안 든다**며 떨쳐 버렸다. 가끔 그가 나쁜 남자처럼 굴지 않느냐고? 인정한다. 그런데 폭력? 그건 표현이 좀 너무…… 과한데. 그건 좀 그렇잖아. 인정하고 싶지 않았다. 내 손으로 그 딱지를 붙이고 싶지 않았다.

하지만 내가 어떻게 느끼든 사실이 변하지는 않았다. 나는 학대 받는 관계 속에 있었던 거다. 나의 성공에는 어김없이 그의 질투심이 따라붙었다. 새 매니지먼트 회사와 계약을 했을 때도 축하하는커녕 운이 좋았다며 빈정댔고 그날 내내 뾰로통했다. 내가 만든 단편 영화를 소개하는 기사가 올라오면, "기삿거리가 참 없었나 보다."라면서 변죽을 울렸다. 그때마다 캐머런은 농담이라고 덧붙였지만 나는 그게 아님을 이미 잘 알았다. 그는 농담하는 게 아니었다. 내 모든 성공이 그에게는 위협이었다.

캐머런은 자기가 얘기할 때 내가 무슨 말이라도 하면 끼어들지 말라고 했다. 입을 꾹 다물고 고개를 절레절레하며 내가 방해해서 짜증이 나니까 더는 말하지 않겠다고 했다. 우리는 그 문제로 자주 싸웠다. "상대방이 반응하지 않으면 그게 무슨 대화야?" 내가 물었다. "그건 혼잣말이야, 대화가 아니라." 그러면 그는 더 화를 냈다.

그는 내 과거 연애사와 내가 한 선택들을 비웃었다. 누구는 만나도 괜찮고 누구는 안 만났으면 좋겠다며 내 친구 관계까지 조절하려 들었다. 내 모든 성과와 프로젝트를 깔보았다. 본인은 언제나 옳고 나는 언제나 틀렸다. 사귀는 2년 반 동안 내 가족과 친구로부터 나를 떼어놓았다. 하지만 그 당시에는 그가 내 전부였기에 나는 그와 함께가 아닌 삶은 상상할 수 없었다. 깊은 수렁에 빠져 점점 미쳐가는 느낌이었다.

내가 전적으로 피해자라는 건 아니다. 이 관계에 자발적으로 뛰어든 것은 나다. 나도 완벽한 연인은 아니었다. 자주 거짓말을 했고 그가 듣고 싶어 하는 말만 해주었다(물론 화를 낼까 봐 겁이 나서 그랬지만 변명으로는 궁색하다). 우리 관계에 대해서라면 캐머런도 자기 나름의 관점이 있었다. 일부러 내게 악랄하게 굴지는 않았을 것이다. 단지 나를 자신의 트로피로 삼고 싶었을지도 모른다. 그것도 자신의 옆이 아닌 뒤에서 빛나는 트로피. 그렇다면 상대를 잘못 골랐을 뿐이다.

　최근에 데이트 폭력에서 벗어난 한 친구를 만났다. 남자친구에게 헤어지자고 했다가 그 자리에서 강간을 당했다고 했다. 나는 말문이 막혔다. 친구는 고개를 끄덕이며 자기도 그 사실을 인정하기까지 오래 걸렸다고 했다. 그전까지 친구에게 강간이란 '어두운 골목에서 낯선 이에게 공격당하는데 비명을 질러봐야 소용없는 상황'이었다. 몸은 결박되어서 정신이라도 보호하려고 넋을 놓아버리는 끔찍한 상황을, 남자친구에게 당할 줄은 꿈에도 몰랐다고 했다.

　친구는 그런 일을 겪고도 그걸 데이트 폭력이라고 단박에 정의하지 못했다고 했다. 나도 공감했다. 수렁에 빠진 채로는 현실을 직시하기 어려우니까. 무엇이 옳은지 그른지 분별하기 어려우니까. '넌 제정신이 아니야. 오버하지 마.'라는 말을 계속 듣다 보면 정말 그럴지도 모른다고 착각하게 된다.

　자신이 데이트 폭력의 피해자일지도 모른다는 의심이 들면 일단 연인과 떨어져서 친구나 상담사의 의견을 들어야 한다. 우선 자신의 머릿속을 비워내야 내가 맺고 있는 관계가 해로운지, 상호의존적인지, 폭력적인지를 객관적으로 판단할 수 있다.

　나도 캐머런에게서 벗어나고 한참이 지나서야 내가 그에게 언어적, 감정적으로 학대받고 있었음을 깨달았다. 심리 상담사의 분석대로 그는 걸핏하면 내게 언성을 높였다.

그게 명령이든("씨발, 닥쳐."), 모욕이든("그게 무슨 좆같은 소리냐."), 그냥 욕이든(앞의 두 예 참고) 가리지 않았다. 나를 조롱하고 내 아이디어를 깔보고 내가 사랑하는 사람들을 비하하고 농담인 척 상처를 주고 나를 무지한 어린애 취급하고 불리할 때마다 감정적 대화를 피했다. 이렇게 줄줄 읊을 것도 없다. 그가 즐겨 부르던 내 애칭은 '패것^{faggot}**43**'이었다.

나는 캐머런 앞에서 어떤 화제를 꺼낼 때마다 조심스러웠다. 딱히 켕기는 게 아닌 일도 캐머런이 딴 사람한테 듣고 와서 꼬투리를 잡을까 봐 지레 해명할 필요를 느꼈다. 나는 그와 사귀는 동안 너무 많은 오해를 받은 나머지 내 정신 상태와 지능까지 의심할 지경이었다.

그런데도 캐머런을 쉽게 떠나지 못했던 이유는 그가 변하리라 기대했기 때문이다. 나는 연애 초기의 서로 좋았던 시절로 돌아가고 싶었다. 처음 만났던 그때 그 사람으로 캐머런이 돌아가리라는 희망을 붙들고 있었다. 그러나 폭력적인 관계는 장기적인 치료와 본인의 변화 의지 없이 절로 나아지지 않는다. 툭하면 소리 지르고 욕하는 사람이 하루아침에 온화해질 리 없다. 질투, 분노, 비난, 권위 의식 같은 것들은 어느 날 갑자기 사라지지 않는다. 연인의 행동에 상처받으면서도 '마감 철이니까', '집에 안좋은 일이 있으니까', '힘든 일이 겹쳤으니까'라고 대신 합리화하고

---

43 게이를 비하하는 멸칭.

있다면 잠시 멈춰 자문해보자. 내가 그 상황이라면 **나도** 그런 식으로 스트레스를 풀 것인가? **나도** 그런 식으로 마음을 추스르겠는가? 만약 아니라면 그런 변명을 거두자.

캐머런이 내게 마지막으로 했던 말은 아직도 잊을 수 없다. "넌 평생 좋은 남자 못 만날 거야. 네 성에 안 찰 테니까."

틀려도 한참 틀린 말이었다.

착한 남자가 오래간다

흔히 사랑은 선택할 수 없다고들 한다. 실은 선택할 수 있다.

생각해보자. 우리가 나쁜 남자한테 끌리는 것은 본능인 것 같지만 한 발짝 떨어져서 보면 뿌리 깊은 오해의 소산이다. 사랑을 다룬 영화나 드라마, 소설은 모두 우리에게 갈등이 곧 열정이라고 가르친다. 영화 〈그리스〉의 존 트라볼타 같은 남자와 사귀려면 내가 완전히 바뀌어야 한다고 믿게 된다. 사랑 때문에 울어야 사랑을 **느끼는** 것이다.

나를 아끼는 남자를 만나라는 조언을 좀 더 일찍 듣지 못한 게 아쉽다. 좋은 아빠가 될 만한 남자, 다정하고 기댈 수 있는 남자, 배려심이 많은 남자. 이런 자질들이야말로 좀 더 충만한 애정 관계의 밑바탕이 된다.

작년부터 나는 내 생애 가장 건강한 연애를 하고 있다. 남자친구 브래드는 숨기는 것 하나 없이 투명하고 다정하고 재밌는 사람이다. 자기 신념을 위해 싸울 줄 알고 위기나 갈등 상황에 침착하면서도 강경하게 대처하는 사람이다. 영화에서 차선책으로 묘사되는 서브 남주답달까, 여주와의 케미가 살짝 아쉬운 착한 남자, 툭하면 여주의 마음을 졸이고 여주와 미친 듯이 싸우는 남주에게 가려져 빛을 못 보는 유형 말이다.

격정적 로맨스는 영화로 즐기기엔 좋다. 하지만 현실에서는? 비극일 따름이다.

브래드와 나도 싸울 땐 싸운다. 하지만 우리의 다툼에는 내가 한때 열정이라 포장했던 울고 소리 지르고 자리를 박차고 나가는 일이 없다. 차분함과 이성, 이해로 가득한 다툼이다. 그의 곁에서는 살얼음 위를 걸을 필요가 없다. 나를 떠날까 봐 마음 졸이지 않고 본심을 다 내보일 수 있다. '아, 나는 이런 동반자와의 삶을 바라는구나.'하고 일깨워 주는 관계다.

내 주변 친구들도 그런 동반자를 찾고 있다. 나를 살뜰히 아껴주는 착하고 다정한 사람, 나의 스트레스를 이해해주고 어디까지나 응원해 주는 사람, 주변에 들어줄 귀만 있으면 내가 이룬 것들을 자기 일처럼 자랑하는 사람, 내가 어디 있든 누구와 있든 날 믿어주고, 똑같이 믿음이 가는 사람 말이다.

최근에 결혼한 친구는 결혼식에서 행복한 관계의 결실을 자기 엄마 덕으로 돌렸다. "엄마가 일찍이 말해주었죠. 불꽃이 사그라지고 난 뒤에도 변함없이 잘해주는 사람을 만나라고요."

　나는 십 대에서 이십 대 초반까지도 브랜드처럼 겉과 속이 투명한 사람에게 빠질 줄 몰랐다. 그는 눈에 보이는 대로인 남자였다. 누구나 브랜드에게서 선한 영혼을 보았다. 어린 날의 나는 이렇게 세심한 남자는 내 짝이 아니라고 굳게 믿었다. 음울하고 감정적이고 속내를 알 수 없는 남자만 쫓아다녔다. 과거의 아픔과 처연한 눈깔을 장착한 남자, 지난날의 트라우마가 너무 심해서 과거 얘기만 나오면 묵묵부답인 남자가 이상적인 상대였다.

　지랄도 유분수지.

　출세? 다 한때다.

　외모? 어차피 늙고 주름져 사라진다.

　재력? 주도권을 놓고 씨름하게 된다.

　신비로운 매력? 어떤 비밀을 숨기고 있을지 모른다.

　더 나은 사람이 되고 싶게 하는 사람을 찾자. 웃기 싫어도 웃게 해주고 힘들 때도 변함없이 다정하게 대해주는 사람을 만나자. 그리고 나 또한 그런 사람이 되도록 노력하자.

　아, 하나 더, 자기는 알레르기가 있더라도 고양이 여섯 마리를 받아들여 주는 사람을 만나라. 그런 사람이 진국이다.

연애하면서 나에 대해 많은 걸 배웠다. 좀 더 다정하고 너그러운, 전보다 더 나은 사람이 되는 법을 배웠다. 우리는 어떤 사람을 만나든, 어떻게 헤어지든, 그 인연을 통해 배운 것을 삶에 녹여낼 수 있다. 내게 실연을 선사해준 남자들아, 고맙다. 당신들 덕분에 온전한 나로 살아가는 법을 깨우쳤으니까.

내 삶을 선택하기

매일 매 순간 우리는 유영하고 있다. 각자 운석 위에 탄 채 끝없이 팽창하는 가스 덩어리와 블랙홀, 다른 돌들을 휙휙 피해가며 우주 공간을 떠다니고 있다.

내 여동생은 죽었다. 우리 가족 모두 죽을 것이다. 나도 마찬가지다.

암울한 소리라고 하는 사람도 있지만 그저 사실일 뿐이다. 어떻게 받아들일지는 각자의 자유다. 어쩌면 모든 게 무의미할지도 모른다. 그렇게 따지면 나쁜 일도 다 무의미하다. 내가 오늘 아침에 치른 망한 오디션도, 그간 어그러진 친구 관계도 별거 아니다. 중요한 것은 오직 내가 중요하다고 판단하는 것들뿐이다. 이 땅에서 주어진 시간에 무엇을 할지는 오로지 나에게 달렸다.

자기 나이가 많다고 투덜대는 사람들에게 나는 항상 나이 드는 게 특권이라고 말한다. 누구나 나이를 먹을 수 있는 것은 아니니 소중히 여기라고. 우리가 죽고 나면 어떻게 될 줄 알고? 아니 진짜, **그 누가 알겠어?** 내가 생각하는 죽음은 의식의 부재다. 컴컴한 심연 따위가 아니고 그냥 무 자체. 마취 후 무의식 상태랄까.

내 짐작이 틀렸다면야 다행이다. 어쩌면 천국이 있을지도 모른다. 크리스티나를 다시 볼 수 있을지도 모르고. 하지만 내 짐작이 맞는다면, 지금껏 내가 겪어온 것들이 내가 아는 전부다. 내가 앞으로 경험할 수 있는 것은 내 생의 남은 나날이 전부다. 실로 아름다운 특권이다.

동생의 죽음은 내 삶에 목적을 주었다. 어쩌면 그 덕분에 오늘의 내가 있는 것일지도 모른다. 죽음은 우리에게 기정사실이지만 직접 데지 않고는 현실감을 느끼지 못하는 경우가 태반이다.

우리는 모두 언젠가 죽는데, 안 그런 척하고 산다.

크리스티나는 내게 만고의 진리를 일깨워주었다. 죽음은 끔찍하고 무섭지만 그럼에도 두려워할 필요가 전혀 없다는 것, 죽음은 누구에게나 평등하게 찾아오지만 나이를 먹는 특권은 모두가 누리지 못한다는 것, 그렇기에 주어진 시간동안 내가 사랑하고 날 움직이는 사람들과 함께 내가 좋아하는 일을 하며 살아가야 한다는 진리를.

인생은 짧지 않다. 꽤 길다. 우리는 거기까지밖에 모른다. 삶은 마치 영원할 것처럼 우리를 속인다. 우리 길 잃은 영혼들은 혼란스러워하면서도 가진 것으로 아등바등 살아간다. 하기야 나도 정답 없이 헤매는 느낌이 들 때가 많다. 하지만 크리스티나 덕분에 내게 주어진 시간을 활용하고 열정을 좇아 열심히 일하고 온 마음으로 사랑하는 법을 배웠다.

그러니 서문에서 했던 말로 이 책을 마무리하고자 한다. 이 책은 너를 위해 썼어, 크리스티나. 내가 여태껏 이룬, 앞으로 이룰 모든 것들은 다 네 덕분이야. 내 삶은 너를 향한 편지야, 절대 태워버리지 않을 편지.

넌 정말 놀라운 사람이었어. 참 용감하고 재능 있는 아이였지. 13년이라는 세월 동안 너와 함께해서 영광이야. 넌 매일 내게 영감을 줘. 나는 무대에 오를 때, 카메라 앞에 설 때, 두려움에 직면할 때마다 널 생각해. 네가 만약 어딘가에 있다면, 그곳이 어디든 다시 만날 수 있기를 바라. 그때 네가 나를 자랑스러워했으면 좋겠다.

사랑해, 크리스티나 마리 아카나. 언제까지나 너를 잊지 않을게.

책 출간 이후 애나 아카나의 발자취

2017년

6월 13일

《So Much I Want to Tell You: Letters to My Little Sister》 출간

6월 5일~8월 14일

FREEFORM 드라마 〈스티처스 Stitchers〉 시즌3 방영/출연

6월 23일

Netflix 오리지널 영화 〈가질 수 있다면 You Get Me〉 공개/출연

10월 20일

단편 영화 〈피임약을 챙겨 먹자 Take Your Birth Control〉 유튜브 공개

11월 9일~이듬해 1월 18일

New Form 드라마 〈미스 2059 Miss 2059〉 시즌2 공개/제작 및 주연

2018년

3월 7일~9월 8일

Youtube 오리지널 드라마 〈유스 앤 컨시퀀시스 Youth & Consequences〉 시즌1 공개/
제작 및 주연

4월 6일

창작 시 애니메이션 〈칫솔 Toothbrush〉 유튜브 공개

창작 시 애니메이션 〈회문 palindrome〉 유튜브 공개

5월 31일

고양이 Ghost 가출

09월 26일~이듬해 2월 28일

ABC 드라마 〈어 밀리언 리틀 씽즈 A Million Little Things〉 시즌1 방영/출연

10월 9일

제8회 스트리미 어워즈 Streamy Awards (인터넷 비디오 분야 시상식)

〈유스 앤 컨시퀀시스〉로 드라마 부문 최우수연기상 수상, 깜짝 커밍아웃(양성애자 선언)

10월 11일

유튜브 실시간 스트리밍으로 환청, 심한 우울증, 자살 충동 고백

10월 12일

단편 영화 〈내가 죽고 싶었을 때 When I've Wanted To Die〉 유튜브 공개

2019년

1월 15일

첫 스톱 모션 애니메이션 〈비탄dolor〉 유튜브 공개

5월 3일

성형 고백

"It was the BREAST decision for me(이건 내 가슴으로 따른 결정)!"

5월 9일

첫 뮤지션 데뷔곡 〈인터벤션Intervention〉 뮤직비디오 공개

"이번엔 싱어송라이터로 변신!"

9월 26일~이듬해 3월 26일

ABC 드라마 〈어 밀리언 리틀 씽즈A Million Little Things〉 시즌2 방영/출연

10월 4일

정규 비주얼 앨범 〈Casualty〉 발매

"작사/녹음/뮤비 촬영 100% 자가 투자, 13곡 수록 앨범"

10월 11일

고양이 Jimmy가 뇌종양으로 지난 9월 고양이별로 떠나고

반려동물 안락사 결정에 대한 영상(When to Put Your Pet Down) 공개

11월 8일

Netflix 오리지널 영화 〈렛 잇 스노우Let It Snow〉 공개/주연

2020년

2월 7일

hulu 오리지널 시리즈 〈Into the Dark〉 시즌2 공개/출연

"My Valentine 에피소드에 '줄리' 역으로 출연"

3월 6일

영화 〈고 백 투 차이나 Go Back To China〉 개봉/첫 단독 주연

"'사샤' 역으로 출연"

3월 20일

영화 〈후킹 업 Hooking Up〉 개봉/출연

9월 26일~10월 31일

SYFY 심야 성인 코미디 애니메이션

〈매지컬 걸 프랜드십 스쿼드 Magical Girl Friendship Squad〉 시즌1 방영/주연

"'데이지' 역 목소리 출연"

12월 11일

고양이 Nugget 응급 심장 수술 후 쾌차

◆ QR 코드를 스캔하여 여기에서 언급한 영상들을 감상할 수 있습니다.

슬프니까 멋지게, 애나 언니로부터

지은이 애나 아카나
옮긴이 이민희
편집 서미연, 김민희
기획 가위바위보
디자인 김민희
표지 일러스트 공은혜 @gongsme_baby
제작 공간
물류 탐북

1판 1쇄 펴낸날 2021년 4월 2일
펴낸곳 책덕
출판등록 2013년 6월 27일(제2013-000196호)
주소 서울시 마포구 월드컵북로7길 73 102호
메일 dearlovelychum@gmail.com
홈페이지 book.bookduck.kr
인스타그램 @bookduck_
ISBN 979-11-97376-80-1 03840

이 책에 쓰인 종이 아도니스러프 76g 백상지 260g 앙상블 130g
이 책에 쓰인 폰트 산돌정체730 산돌그레타산스 산돌마들렌

이 책은 텀블벅 후원자들 덕분에 제작될 수 있었습니다. 감사합니다.

※ 서점 거래 안내
책덕 출판사는 지역 곳곳에 있는 책방에서 독자들을 만나고 싶습니다.
배본사 거래를 하지 않는 작은 책방과의 직거래도 하고 있으니
munzymin@gmail.com으로 연락주시기 바랍니다.